香港夜想曲
Hong Kong Nocturne

ドタバタ！
バンコク添乗記

栗文 雄田
KURUBUMI Yuden

文芸社

目　次

香港夜想曲

目の前に広がる目もくらむほどの眩いばかりの光の海。その中でピンク、オレンジ、レッド、イエロー、グリーン、ブルー、パープルなど、カラフルな固有の色のネオン光も、個々の存在を知らしめようと煌めきを放っている。その眺めはさながら巨大な宝石箱をひっくり返したようで、見る者の目を釘付けにして離さない。そんな圧倒されるほどに迫ってくる光の競演が、窓から手を伸ばせば届きそうなくらい間近に溢れているんだ。

〈本当だ。タッ君が言ってた通りだわ。こんな素晴らしい夜景、今まで見たことない！〉

香港の啓徳空港への着陸態勢に入るため、私が搭乗するＣＸ―５０５便のトライスター機は機首の向きを何度も変えながら高度を下げていた。大きく旋回する度に、眼下に広がる光の大洪水の中に落ちていくのではないかという錯覚に陥る。この光景を見んがため、早めに成田空港に向かい右側の窓際席を確保したのだ。この着陸前に見られる魅惑的な光の大パノラマに感嘆しつつ、前回来た時に私の意中の人、麦野崇（たかし）が話していた香港の空港の特性について思い出していた。

この空港の滑走路は北北西から南南東の海へ向かって伸びている。飛行機の着陸に際しては、失速しないように向かい風に向かって充分な揚力（飛行物体に対し上方に作用する力）を得ながら降りていく。エンジンが生み出す推進力により機体は前へ進むが、翼が風を切る際に空気は下向きに流れる。航空力学上、この時に生まれる揚力により機体は上方向に押し上げられる。向かい風を受けながら飛べばより大きな揚力が得られるので、離陸時も向かい風に向かって飛び立っていく。この空港では海からの南風がよく吹いているため、北北西から着陸アプローチに入らねばならないことが多い。しかし、空港の北側にはいくつもの山が連なり、直線ルートで降下することができないのだ。そのため山を避けるように西側から回り込み、山の手前を右旋回しながら高度を下げつつ滑走路に向かって降りていくルートを取る。これが啓徳空港名物の『香港カーブ』だ。この着陸直前の大旋回の真下には香港の繁華街が広がっており、街の上ギリギリを飛ばねばならず、パイロットの技量が問われる。夜の着陸となれば繁華街は光の海と化し、その様を上空から眺められるのだ。そんな美しくもスリリングな夜の香港カーブの魅力を、崇は熱く語ってくれた。一番贅沢な場所から〈百万ドルの夜景〉と称される景色を眺められるのなら、それを逃す手はない。次に香港に来る時は最終便で飛ぼうとこの時思ったのだが、ついにその時がやってきた。社会人二年目の年度末の三月に、三泊四日の日程で香港へ旅立ったのだ。

私の香港カーブ初体験は半年前の昼間だった。たまたまその時も右の窓側の席に座っていたが、ハラハラ、ドキドキの連続だった。パイロットが不慣れだったためか、変針を繰り返し、旋回の際のバンク角も深かったためひどく揺れた。下には高層ビル群がニョキニョキ立っており、ぶつかるんじゃないかとさえ思えるほど間近の距離に迫っていた。滑走路への着陸の時も機体をまっすぐな位置にもどせず、やや斜めになった状態で降りていった。滑走路の先端でゆったりとした地上走行に移りUターンすると、滑走路の両側が海であることが分かった。その後ターミナルビルに向かうものと思っていると、遠く離れた場所に沖止めされタラップで地上に降ろされた。その時になんとも言えないジトッとした蒸し暑さを感じたのを覚えている。

香港を訪れるのは今回で三度目となるが、初めてキャセイ航空を利用した。この機のパイロットはホーム空港への着陸に慣れているのだろう。前回の着陸時とは全然異なり、すごくスムーズに下りられ、降機ゲートもターミナルのほぼ中央だった。どの国のナショナルフラッグキャリアも、ホーム空港では一番いい場所に機を着けられるようだ。早く崇に会いたい一心から私は搭乗機を降りると早足で歩き、入国に際しての諸手続きも素早く済ませ出口へ急いだ。

午後一一時を回った遅い時刻にもかかわらず、到着ロビーの制限エリアの出口には人垣ができていた。その中に手を上げて所在を知らせる崇の姿を見つけると、彼のもとに小走りで向かった。ここまでは私が頭の中にイメージしていた通りの展開だった。〈見つめ合いながら崇との距離をゆっくりと詰めていくと、彼が微笑みながら両手を広げたので躊躇(ちゅうちょ)なく彼の胸に飛び込む。そして、大勢の人々が周りにいるのもはばからず、彼の一時帰国以来の三ヶ月間のブランクを埋めるがごとく、映画のワンシーンのような熱い抱擁を交わし、キスシーンへ〉

そんな予定であったが……。しかし、それはあくまで私が思い描いていた展開であって、崇の予定にはなかったようだ。

「メグちゃん、よく来てくれたね。疲れてない？」

一メートルほどの距離を取り、崇が発した第一声であったが、それはどこか友だちに向けた話し方のように感じた。〈私たちって、もう抱き合って何度もキスした恋人同士じゃなかったっけ？〉と心の中で不満を吐いた。

「タッ君、すごく会いたかったのよ」

そう言った後、私は崇に抱きつこうかと思ったが、それを望んでいなさそうな雰囲気を彼がまとっているのを感じたので止めた。

〈どうしちゃったのだろう。調子が狂う。前回深まった二人の関係から考えても、抱き合って喜び合うのが自然の流れのように思うけど……〉と、私はこの時二人の間に微妙な温度差があることを感じ取った。

私、漆原恵実と麦野崇は二年前に『田光ウィルキンス商会』という貿易会社に入社した。この時に同期入社した社員は総勢三八名で、入社式の直後から主に貿易実務に関して二週間の座学研修を受けた。社業についてのレクチャーの他に、現在の売れ筋および今後期待できる商品、業界の仕組みと同業の競合他社、業界独特の商習慣などについて、どの部署に配属されても役立ちそうな知識を詰め込まれた。また、文書作成能力を向上させるために、「一〇年後の私への手紙」、「私の尊敬する人物とその理由」、「私の長所とそれをどのように社業に活かせるか」などのテーマで、連日作文の提出も課せられた。昼から夜までけっこう中身の濃い研修だった。

この研修初日のオリエンテーションの際、挨拶がわりに参加者は一人ひとり自己紹介させられた。私は一刻も早く同期の顔と名前を覚えようと、メモを取りながら聞いていた。その中に一八〇センチ超えの高身長で顔がドンピシャにタイプの男がいて、それが麦野崇だった。退屈な講義の時などに講師役の社員が板書している合間を盗んで崇をチラ見していると、何度か視線が合った。そんなことが数回重なった後の休憩時間に、崇の方から声をかけてきた。それがきっかけで、挨拶し合い差し障りのない会話もするようになった。二人はお互いを気になる存在として意識するようになったが、入社早々変な噂が立つのは今後の仕事のことを考えると非常にまずいので、周りに気づかれぬよう注意を払った。

研修日程の半分を消化した頃、各新入社員の配属先が発表された。崇の勤務先は香港支店、私は東京本社総務部と決まった。崇は元々海外志向が強く希望が叶ったのだが、唯一の心残りは気心の知れたばかりの私との別れだと言ってくれた。

後半の新人全員揃っての研修が終わると、それぞれの所属部署に散っていった。私は配属先の総務部で直属の上司の下での指導を受けながら仕事を覚えていった。崇を含めた海外配属の新人たちはそれぞれの赴任地への出発日まで、営業部預かりとなり、先輩営業スタッフと共に得意先を回り、実際の営業現場の視察をした。

五月初めの連休中に、一度だけ崇とデートした。デートといっても私がそう思っているだけで、これから始まる彼の海外生活のための買い物に私が付き合っただけだった。ただその間中、気を遣うこともなくなんでも話すことができた。けっこうな量の買い物だったが、買い物後も別れ難かったので、買ったものはすべてコインロッカーに預け、二人きりで夕食を取り彼の送別会とした。

崇は五月の半ば香港へ旅立ったが、その時から彼との約三〇〇〇キロ離れた遠距離恋愛が始まったのだ。携帯電話やインターネットなどが登場する前の時代だったため、連絡手段は手紙しかなかった。国際電話で話すこともできたが、当時の通話料金はべらぼうに高かったので、よほどの緊急時以外はかけられなかった。

私はできるだけまめに香港にいる崇宛てに手紙を書いた。会社での仕事や人間関係について、日常生活のあれこれ、読んだ本や見た映画の感想など、ネタは尽きなかった。崇からの返事には香港での仕事内容、現地生活にまつわる苦労と楽しさ、美味しかったレストランの食レポなど、海外へ行ったことのない私にとって興味深いことばかり書かれていた。そんな手紙のやり取りをしているうちに、会うことのかなわぬ崇に対する私の気持ちは、いつの間にか〈気になる〉から〈好き〉へと変わっていた。お互いの呼び方も文通をしているうちに、自然にできあがっていった。崇からの手紙に〈メグちゃん〉とあったので、私も〈タッ君〉と返すと、その後二人の間でそう呼び合うようになっていった。

手紙のやり取りの頻度ははっきり決めたわけではなかったが、最初のうちは崇の返事もコンスタントに届いていた。しかし、半年ほど経つと三、四通に対して一通くらいの割でしか返事が来なくなった。仕事が忙しいと手紙に書かれていて、それで返事が減っているのだと理解してはいるものの、会えないつらさはつのるばかりだった。そこで初めて崇が住んでいる社員寮に電話してしまった。寮には彼も含めて三人の駐在員が寝泊まりしているので、前もっていつ掛けるかは手紙で連絡していた。

受話器を通して久しぶりに崇の声を聞くと、私はその瞬間舞い上がってしまった。すぐに我を取りもどすと、溜まりに溜まった想いをひたすら崇に伝えた。話したかったことは事前にメモ用紙に箇条書きにしておいたので、言いたいことはほぼ言い尽くせた。返事が減ったことについては、半年も経つと任される仕事量もかなり増え、拘束される時間も長くなり毎日寮に帰るとくたくたで、手紙を書く余裕がなくなったと言い訳した。しかし、私からの手紙は何度も読み返しているそうで、いつも気にかけてくれていて私への想いは変わっていないと言ってくれた。彼と話しているうちに会いたいという気持ちが私の中で膨れ上がり、香港へ行こうと決意した。

私は埼玉県の越谷市で自営業を営む実家から会社へ通勤しているので、就職後半年間でもある程度の貯えはできていた。それに初めて支給されるボーナスも加えれば余裕で香港へ行けるので、その年の一二月に香港行きの計画を立てた。ただ初めての海外旅行ということで多少の不安もあり、高校時代の一番の親友の都築愛(つづきまな)を誘い、観光から全食事まで組み込んだ二泊三日のパックツアーに申し込んだ。仕事で忙しい崇に迷惑をかけたくなかったことと、彼を驚かせたかったので、私は旅行出発間際まで行くことを彼に伏せていた。愛には変な誤解をされぬよう、香港に好きになった同期スタッフがいて、現地で会おうとしていることを正直に伝えておいた。

崇が勤務する香港オフィスも社員寮も香港島にあり、私たちの宿泊先であるミラマーホテルはヴィクトリア湾を挟んだ対岸の九龍(カオルーン)サイドの尖沙咀(チムサーチョイ)にあった。ホテルはネイザン通りという大通りに面しており、周りはせり出した大きな漢字の看板がいくつも並んでいる香港らしさを感じる場所で、昼夜問わず多くの人たちで溢れていた。

このパック旅行の間、私は崇と二回会うことができた。日程に含まれている二度の夕食の終わる時間を見計らい、崇が宿泊ホテルのロビーで待っていてくれた。そして、一日目は宿泊ホテルの最寄りの地下鉄駅の佐敦(ジョーダン)の一駅先の油麻地(ヤウマテイ)にある廟街(ミウガイ)(テンプルストリート）、二日目は二駅先の旺角（モンコック）にある通菜街（トンチョイガイ）（女性ものの衣類を売る店が多いので女人街とも呼ばれる）を案内してくれた。どちらも活気あるナイトマーケットだった。愛を一人ホテルに残していくのも可哀そうだったので三人で回ったが、ホテルにもどると愛は気を利かせて先に部屋へ上がった。二日間とも夜の散策の後、私と崇は小一時間ほどホテルのコーヒーショップで話をした。私は崇の気持ちが変わっていないことを確かめられ、香港まで来た甲斐があったと思えた。帰国前夜の別れ際に崇は言った。

「また香港に来てくれるなら、今度はパックツアーじゃなくて、安いエアチケットを買って飛んできてくれるだけでいいよ。ホテルやメシとか観光は俺が全部手配するし、メグちゃんの日程に合わせて有休を取ってフルアテンドするから」

「ありがとう。それならまた絶対にタッ君に会いに来るから」

「本来なら、オレがメグちゃんに会いに行かなきゃいけないけど、帰国休暇を取るにはそれなりの理由が必要なんだよね」

「分かっているよ」

私の崇への想いは新入社員研修の時と比べ格段に強くなっていることを、実際に香港で彼と再会し痛感した。それに、彼も私を想い続けてくれていることもよく分かった。一緒に来てくれた愛からは、帰国便の機内で感謝された。

「タカシ君が案内してくれた女人街で日本にはない珍しい服をいっぱい買えたし、それが一番よかったかも。メグのカレ、すごくいい人ね。あなたたち、けっこうお似合いよ。私、応援してるからね。遠恋でつらいことも多いだろうけど、頑張ってね。今回は誘ってくれてありがとう。初めての海外旅行だったけど、本当に楽しかったわ」

「マナに喜んでもらえれば、私もうれしいよ。一人じゃ不安だったし、一緒に来てもらえて本当に助かったんだからね」と私も謝意を返した。

これが私の最初の訪港（香港を訪ねること）で、慌ただしくあっという間に終わってしまった。その後、愛が二七歳で結婚するまでに韓国とタイへ、彼女と一緒に二度パックツアーで旅行した。

三度目の香港での崇との再会時に感じた些細な気持ちのズレに戸惑った私は、その心の動揺を表情に出さぬよう努めた。意識的に口角を上げて明るい表情を作ろうとしたが、変に表情筋がこわばってしまい、崇にはどう映っているのかと心配になる。

「こんな時間だけど、お腹は空いてない？」

「機内食を食べたから大丈夫」

「じゃあ、まずはホテルにチェックインだね」

崇はそう言うと、私のスーツケースを引いて歩き始めた。後を追い崇の横に並ぶと、数十分前に機内から見た夜景に感動したことを話した。

「タッ君が言ってた通り、飛行機の窓越しに見る夜景は本当に素晴らしかったわ。なんか、吸い込まれちゃうんじゃないかってくらいの迫力だった」

「でしょ！　昼間もいいけど、夜の着陸時の窓からの眺めは世界一だと思う。でも、この空港はすでにキャパオーバーだし、市街地に近いってこともあって移転計画があるんだ。そうなると、機内から名物の香港カーブの着陸風景は見られなくなっちゃうんだよね。残念だけど……」

「へー、そうなんだ。前回は昼間、今回は夜の景色を見といてよかったわ」

「うん。そうだね」

「それにしても、さっきの夜景は本当にすごかった。今まで私が見た中で断トツの一番」

そんな話をしながらターミナルビルを出てタクシー乗り場へ来ると、夜遅い時間だというのに長い列ができていた。待つこと一五分、ようやく列の先頭に立てた。次に入ってきたタクシーのトランクにスーツケースを押し込むと、私たち二人は後部座席に乗り込み、崇はドライバーに行き先を指示した。

「銅鑼湾唔該(トンローワンンゴイ)（コーズウェイベイまでお願いします）」

前回崇がしゃべる広東語を何度も聞いたし、今回の旅の前に自らも少なからず勉強していたので、彼がなんと言ったか理解できた。ただ、久しぶりに聞く彼の広東語は前よりもかなり上達したように感じた。香港では仕事を円滑に進める上で英語だけでは難しく、余り教育を受けていない人たちとの意思疎通をはかるには広東語ができないとどうにもならない。だから、仕事の合間などに現地採用の香港人スタッフから広東語を教わっているのだそうだ。会社の事務所は香港島のコーズウェイベイにある日系デパート『そごう』の近くなので、そこから程近い前回と同じホテルを崇が取ってくれていた。

「係呀（ハイアー）（はいよ）」と言ってドライバーは車を出すと、崇は「怡東酒店（イートンチャウディム）（エクセルシオールホテル）」とホテル名を告げた。ホテルのことを台湾では『飯店（ファンディエン）』というが、香港では『酒店（チャウディム）』だ。ちなみに香港で『飯店（ファンディム）』（発音が台湾と香港では異なる）といえばレストランの意味になるのでややこしい。また、ホテルの名前には英語表記と広東語[注①]表記があるのも外国人泣かせだ。初めて香港に来た時に泊まったホテルの英語表記のミラマーホテル（Miramar Hotel）は、広東語では美麗華（メイレイワー）酒店となる。ホテル名を広東語で言わないと分かってもらえないことも多く、旅行者が一人で行動する場合は両方の表記が書かれたホテルカードを持っていないとホテルに帰るのに難儀することもあるとか。

　夜の香港はド派手な電飾がよく似合う。空港を出たタクシーはカラフルな光で溢れた街中をスイスイと飛ばした。オレンジ色の光に包まれた九龍半島と香港島を結ぶ海底トンネルを下っていくと、また香港に来たんだという実感が湧いてきた。現地通貨にまだ両替していない私のために、崇は一万円分の香港ドルを封筒に入れ用意してくれていた。

「銀行レートよりも多めに入っているから」と言って差し出されたので、財布から一万円札を抜き取り崇に渡した。

海底トンネルの香港島側の出口を出ると、数分でエクセルシオールホテルに到着した。タクシーの支払いを済ませた崇は、スーツケースをベルボーイに預けると、フロントでのチェックイン手続きも代行してくれた。私がしたことといえば、宿泊カードにサインしたくらいだ。半年前と同じホテルだが、その時はサイドハーバービューの部屋だった。しかし、今回の部屋はヴィクトリア湾とその向こうに九龍サイドの眺望を真正面に望めるフロントハーバービューで、前回の部屋よりも大分広いように感じた。香港のホテルは海が見えるか否か、またその見え方によっても値段が違うと聞いているので、また崇に負担をかけたことに対し申し訳なさと感謝を伝えると、「休みを取って、日本からオレに会いに来てくれてるんだから当然だよ」と返してくれた。

スーツケースを運んでくれたベルボーイが崇の渡したチップを受け取り部屋から出

ていくと、ようやく二人きりになれた。このホテルの客室の窓際はベンチシートが配された作りになっている。私はすぐさまそこに膝立ちし、「すごーい！　見て見て！」と深夜だというのに煌々（こうこう）と光を放つ九龍サイドの眺望に見入った。

「なあに、その格好。小さい子供が電車の座席で外の景色を眺めてるみたいだよ」と崇は笑った。

　九龍の夜景を見ながら私は考えていた。空港で会って早々に感じた崇との微妙な心理的距離の隔たりと、タクシーの中でのどこかよそよそしい態度はなんだったんだろう。今回は二日間有給休暇を取り木曜日から日曜日までの三泊四日の行程だが、行き当たりばったりでなにも計画は立てていない。言ってみれば、すべて崇任せで来たというのに……。

　タクシーの中で「明日休めなくなってしまった」と不意に崇に言われた時には、内心がっくりと落ち込んだが、そこでも表情には出さぬよう平静を繕った。大量発注する予定の得意先との商談が急に決まったということで、先方の担当者とどうしても会わなければならなくなったのだそうだ。

「仕事ならしょうがないよ。私なら大丈夫だから、心配しないで。香港は三回目だし、前に来た時に地下鉄やスターフェリーの乗り方も覚えたから、一人でもショッピングを楽しめるよ」と、私は強がってみた。

「ごめんね。明日の夕食にはちゃんと付き合うし、明後日は必ずこの埋め合わせをするから」と、崇は恐縮がっていた。

窓の向こうの夜景と共に、窓ガラスには後ろに立つ崇の姿も映っていた。ベッドにもライティングデスクの椅子にも座れるのに、なんで立ったまんまなんだろう。そんなことを考えながら、私は振り返った。

「明日の仕事って、何時くらいに終わるの？」

「新界にある工場を二ヶ所回った後、契約について詰めるから、夕方頃になるかな。早ければ五時くらい、遅くとも六時までには迎えに来られると思う。それよりも遅れるようだったら連絡するから」

「分かった。夕方までにはホテルにもどって、部屋にいるようにする」

「うん。着いたら、下から電話するから」

私が窓辺のベンチシートに崇の分のスペースを空けて崇を誘うように座っても、反応なし。彼は距離を取り立ち続けていた。

「なにか飲む？」

「明日早いからいいや」

「そう？」

「今日は帰るね。今夜はゆっくり休んでね」

「……………」

「じゃあ、おやすみ」

「おやすみなさい」

部屋に入ってから五分くらいで崇は出ていってしまった。これが空港、タクシーの中に続く、三回目の戸惑いだった。

〈短い時間だったけど、一緒に部屋に入ってから、タッ君は一度も腰を下ろさず立ったままだったわ。気のせいか、私から早く離れたがっているようにも感じたけど……〉

そして、私は自分で自分を笑うしかなかった。

〈なにか勘違いしていたのかしら？　きっとそうだわ。この半年間、私が崇を想っているように、崇も私を想ってくれているのだと勝手に思い込んでいたんだ。だとしたら、私ってとんだピエロだわ！〉

そう思うと、ひどく落ち込んだ。崇が帰った直後、疲れ切った心身を癒そうとバスタブの蛇口をひねって熱めのお湯を勢いよく放った。半分ほどお湯が溜まった頃、このホテルのアメニティーのバスフォームをお湯の落ちていく辺りに垂らすと、バスタブは瞬く間にいい香りの泡で満たされていった。欧米人サイズに作られた大きめのバスタブに足をまっすぐに伸ばして浸かると、重ったるく感じていた節々（ふしぶし）がスーッと弛緩していった。全身の緊張が解けると、私は二度目に香港へ来た時のことを思い返していた。

半年前の九月第二週の週末、三泊四日の予定で中華航空のディスカウントチケットを買った。台北経由の昼間の便であったが、その場で予約が取れたので即決してしまった。崇の指示通りフライトスケジュールを伝えると、すぐに彼のオフィスに程近いこのエクセルシオールホテルを押さえてくれた。

二度目の訪港は私にとって、至れり尽くせりの四日間だった。夕食は美味しい本格中国料理のオンパレード――初日は広東料理、二日目は四川料理、三日目は北京料理。昼間は、二日目がマカオ観光とポルトガル料理の昼食、三日目は宋城観光とショッピングに飲茶（ヤムチャ）の昼食。そのすべてが崇と一緒だった。

初日の夕食はアバディーン[注②]へ食べに行った。ここは元々サンパンと呼ばれる小舟の上で暮らす水上生活者の多い場所であったが、中国の宮殿を思わせる豪華絢爛な造りの三軒の水上レストランが登場し、観光スポットとなった。どのレストランも眩いばかりの電飾が施され、暗い海の沖合に浮かび上がっている様は圧巻だった。

二日目はジェットフォイルに乗ってマカオへ連れて行ってもらった。あいにくの雨天だったが、雨間にマカオのランドマークである聖ポール天主堂跡やモンテの砦などを急いで回った。雨に濡れたマカオのノスタルジックな街並みは趣深かった。リスボアホテル内にあるカジノへも行き、その雰囲気を味わった。自分が参加せずとも、ルーレットや大小は他人が真剣に勝負している様子を見ているだけで楽しめた。一発勝負で参加する人も多く、やってみるかと崇に勧められたが遠慮しておいた。ただ、持っていた小銭でスロットマシンに挑戦したが、全然目が揃わずすぐにやめた。街中で崇が買ってくれた名物のエッグタルトは、香ばしくザクッとした食感で最高に美味しかった。

三日目は地下鉄に乗って宋城（一九九七年に閉園）へ行った。ここは中国の宋時代の村を再現したテーマパークで、当時の婚礼儀式、宮廷音楽、カンフーの実演などが見られた。大道芸のショーも面白く、中でも人がエビのように体を折り小さな樽の中に収まる芸は印象に残った。昼食を取った後、中国デパート、免税店、海洋中心（オーシャンセンター）などで買い物をした。

荷物をホテルの部屋に置きにいった足で、日本出発間際に買った手土産を持参し近くにある崇の働く香港支店へ挨拶に行った。同期スタッフが香港に来るので案内したいとの理由で有休申請した手前、崇は私の会社への訪問を好ましく思ってくれた。オフィスはホテルから歩いて七、八分くらいのところにあるビルの一一階にあった。すぐ近くに地下鉄の銅鑼湾駅があり、すごく便利な場所にあると感じた。

夕方の忙しい時間だったが、安藤哲也支店長に挨拶すると、応接室に案内され一五分ほど日本側の社内状況について質問された。私の働く部署はあまり海外支店との接点はないのだが、私の知り得る限りの返答をした。会った瞬間吊り上がった眼で睨まれたので怖そうな人だなとの印象を抱いたが、話してみるととても優しい人だった。最後に「ケンちゃんは元気？」と聞かれた。誰のことか分からなかったので尋ねたところ、東京本社総務部部長の森川憲一のことだった。なんと森川部長と安藤支店長は同期入社だそうだ。知らなかった。

その後に崇の所属するパーチェシングBチームのスタッフを紹介された。崇を含め八名のチームらしいが、三人外出中で在籍していた四人に名刺を渡しながら挨拶した。最初は崇の直属上司のチーム長で、名前は葛山茂充。年齢は三十代半ばで、この年の四月にシンガポール支店から転勤してきたばかりなので崇の方が香港駐在期間は一年ほど長い。しかし、香港は四ヶ国目で、海外畑一筋一四年目の経験は実に頼りになるそうだ。次が副チーム長の四十路女性の阮美詩。以前崇の手紙に書いてあったが、彼がメイさんと呼ぶ〈香港のお母さん〉的存在の人で、流暢な日本語を話す。子供の頃、父親の仕事の関係で五年ほど日本に滞在したことがあり、日本語はその時に覚えたそうだ。三人目は崇の三年先輩の開原格（かいばらいたる）。香港は五年目で、前年香港人女性と結婚し、現在一児のパパ。最後に紹介されたのは、年は私より若そうな女性で、名前は何翠芳（ホーチョイファン）。マーガレットというイングリッシュネームを持ち、社内ではマギーと呼ばれていた。三ヶ月前に入社し、メイさんがこれまで新人教育をしてきたが、今後は崇のアシスタント的な仕事をするのだとか。背は私より少し高く、目鼻立ちの整った美人顔をしているので、近くにいる崇の気持ちが動かないか、ふと心配になる。そんなマギーがきれいな英語で挨拶してきた。私はたどたどしい英語で返すしかなかったが、なぜか彼女に対して説明できない強いコンプレックスを感じてしまった。

香港オフィスで挨拶した人たちは、私のことをどう思っているのだろう。単なる崇の同期スタッフなら、会社を休んでまで滞在中ずっと一緒にいるとは思わないだろう。それなら私のことを崇の恋人として位置付けてくれただろうか？　そうだといいのだが……。

会社を後にすると、崇は私の最も関心のある場所へ連れて行ってくれた。そう、会社の社員寮だ。今では寝るだけの場所と彼は言っているが、人口密度が非常に高い香港での住居環境がどの程度のものか興味があった。会社の前の大通りから二階建てのストリートトラム（路面電車）に乗り込んで社員寮へ向かった。

トラムの二階席に座ると、夕方の香港の風が気持ちよく感じられた。

「今香港支店には何人働いているの？」

先ほど訪ねたオフィスビルの一一階のフロアすべてのスペースを借りているそうだが、見えなかった部分も多いので聞いてみた。

「日本からの出向社員とローカルスタッフ合わせて一〇〇人近いかな」

「そのうち日本人スタッフは何人？」

「現地採用の五人を除くと、オレを入れて一二人かな」

「現地採用の日本人なんているの？」

「うん。香港の人と結婚してこっちで暮らしている女性とか、香港で長く生活している日本人とか。香港支店長の裁量で採用した日本人スタッフ」

「へー、そんな人もいるんだ。一番駐在経験の長い人は、何年くらいいるのかしら？」

「さっき話をした安藤支店長はかれこれ一五年くらいになるらしいよ」

「そんなに長いと日本人としての感覚が薄れていくんじゃないかしら」

「かもしれないけど、香港をえらく気に入っているみたいで、日本へはもう帰りたくないらしいよ。それともう一人いた。杉原常泰(すぎはらつねやす)っていう副社長も同じくらい長くいるみたい」


会社組織全体のナンバーツーである杉原副社長は香港に常駐しており、崇によるとあまり会社には出てこないらしい。週に一回見かければいい方で、何ヶ月も見かけないこともあるとか。そんなときは他の海外事務所を回ったり、これから大いに期待できる中国マーケットの視察をしているそうだ。昼間ほとんど出社しないのは、安藤支店長との折り合いがあまりよろしくないからとの噂もある。裏を返せば、安藤支店長が仕事のできる人なので、副社長がいなくても日常業務は問題なく回っていると言う人もいるとか。そんな副社長に対し、社員からの批判はないのかと聞くと、

「もちろんみんな不満たらたらだよ。あまり出社しないで高給取ってるらしいから、給料泥棒って陰口たたいている人もいるよ。でもけっこう口うるさい人だから、今更

毎日オフィスで目を光らされても、仕事がやりづらいだけだしね。だからね、みんな杉原副社長は田光潔社長に次ぐ大株主だって考えるようにしている感じかな。会社のオーナーなんだっていう目で見ると、文句も引っ込んじゃうみたいだよ」

「タッ君は田光社長と食事したことある？」

「うん。香港へ定期巡回で来る度、二度に一度くらいの頻度で、自分じゃ行けないような高級レストランでご馳走になってる。江戸っ子気質っていうか、太っ腹な人だよね。面白い話もたくさんしてくれるし」

「日本でもね、夜時間が許す限り、色々な部署の人たちを順繰りに食事に招いてくれるの。三週間前に総務部の番になって、五人ほど人選されて私選ばれたんだ。社長との会食は二度目だったんだけどね、その時に社長から聞いたけど、杉原副社長とは高校の同級生だったそうね」

「うん。そうらしいね」

「副社長にはご馳走になったりするの？」

「たまにだけどね。副社長は普段会社に来ないから、突然『今夜空いてるか？』って外から電話があるんだよ。香港は高級レストランでのメシ代は日本並みに高いから、始めは喜んで話に乗っていたけど、大変なんだって分かってきたんだ」

「えっ、どう大変なの？」

「うまいメシご馳走になるのはいいんだけど、その後の飲みにも付き合わされるんだ。ジャズが好きなんで、生バンドの演奏があるお店に行くことが多いけど、そこで延々に飲み続けるんだよ。メグちゃんが泊まっているホテルの地下にディケンズバーっていう店があるんだけど、そこに連れていかれた時は悲惨だった。その時は香港に来たばかりの頃で、副社長がどんな人かも知らないうえ初めてのお誘いだったから、『先に帰ります』なんて言えないじゃない。そのうち日にちも変わっちゃうし、夜もどんどん更けていく。副社長がお代わりするたびにこっちも飲まされる。ライブの演奏が終わると、バンドメンバーのところに行ってドリンクを奢ったり話し込んだりしてたびたびほったらかしにされた。目を開けているのがつらくなって眠そうな顔をしていると、ようやく『適当に帰っていいから』って言われた。もっと早く言ってくれよって思ったけど、そんなこと言葉にできないよね。これ幸いと思ってソッコーで帰ったけど、何時だったと思う？」

「一時か二時くらいかなぁ」

「三時半だよ。その日も仕事だったけど、二日酔いで気持ち悪いし眠いしで散々だったよ。向こうは昼間寝ていられる身分だからいいけど」

「へー、杉原副社長って、そんな人なんだ！」

「だからね、最近は副社長からの呼び出しがあったとき、仕事を優先しなきゃいけない場合は断るし、ゴチになってもメシだけで勘弁してもらったりもしてる。悪い人じゃないんだよね、超個性的だけど。でも、先輩の開原さんは安藤支店長の心酔者だから、副社長のことをボロクソに言ってるよ。杉原副社長は去年までアルファロメオに乗ってたけど、『ポルシェに買い換えたんだ。それでね、開原さんは『副社長をポルシェに乗せるためにオレは働いているのかと思うと虚しくなる』って、この間一緒に飲んだ時にボヤいてた」

崇の杉原副社長の話が妙に面白かったので、聞き入っている間に目的地に到着したようだった。私たちは北角（ノースポイント）というところで降りた。会社の最寄り駅から地下鉄でも三駅目のところだそうだが、ごちゃごちゃとした香港らしい町並みを私に見せようと路面電車にしたそうだ。下りた場所から五分ほどで二〇階建てくらいの建物が何棟も密集して立ち並んでいるところに着いたが、そのうちの一棟の一六階に崇が暮らす会社の独身日本人スタッフ寮はあった。3LDKの間取りにバスルームとランドリールームが付いていていた。ランドリールームには洗濯機と乾燥機が置かれていた。香港は異常に湿度が高いところらしく、乾燥機がないと洗濯物が何日も乾かないそうだ。崇の部屋は一二平米くらいの広さしかなく、半分弱のスペースはベッドに占有されていた。寝るだけの場所と彼が言った意味を理解できた。窓はあるのだが、窓の七、八〇センチ先は隣の建物の壁であるため、昼間でも薄暗く照明を点けねばならないそうだ。また、治安状況を考慮し窓の外側に鉄格子が取り付けられており、まるで監獄のようだった。これほど建物間の距離が狭いと泥棒が壁を利用して登ってくるので、そのための防御策なのだそうだ。気分は滅入るが致し方ないとのこと。もう一ユニット同じような間取りの部屋を会社は所有しており、他の独身スタッフ寮としているらしい。

香港には何軒も和食レストランがあるそうだが、一番安い焼き魚定食でも一二〇〇円くらいするとのことで、毎日和食を食べれば給料は残らないらしい。そこで、来てすぐに自炊を始めたそうだが、長くは続かなかった。それは疲れ切って帰ってくると、何か食べるものを作ろうという意欲もなくなるからだとか。やがて安くて美味しい地元の穴場レストランや屋台料理の存在を知るようになると、自炊の必要がなくなったらしい。その裏には現地の言葉を覚え、自由に行動できるようになったことも大いに関係しているそうだ。今や寮で作るのはインスタントラーメンくらいだとか。

崇の寮のリビングで一休みし、最後の夕食を食べに地下鉄でセントラル地区にある北京料理のレストランへ向かった。美味しい北京ダックで有名なところらしく、これでもかというほどその味を堪能できた。食後、最後なので一番きれいな夜景を見に行こうと提案され、ケーブルカーでヴィクトリアピークに登った。前年のパック旅行の際には昼間バスで来たところだったが、そこから見晴らす夜の眺めはまったくの別物だった。

「どう、一〇〇万ドルの夜景は？」

「素晴らしいわ。目の保養になるわね。この景色、ずっと見ていても飽きない。麓のセントラル地区と海を挟んだ九龍側のビル群の夜景同士が競い合っているみたいね」

「そうだね。でも、ここからの夜景も確かにいいんだけど、実はもっといい場所が他にあるんだ」

「えっ、そうなの！　それ、どこ？」

「着陸直前の飛行機の窓から見る香港の夜景は超絶すごいよ」

「そういえば、今回来る時に右の窓際席だったけど、街すれすれに飛んで怖かった」

「それはラッキーだったね。同じ窓際席でも左側じゃだめなんだよ。香港の空港に着陸する時はね、たいていの場合、飛行機は大きく右旋回して降りるんだ。それが夜だったらって想像してごらんよ。今眺めているこの景色を、動きながら真上から見下ろすことができるんだよ」

なぜ香港の空港に着陸する時に右に旋回するのか訊ねると、崇は香港の地形と飛行機の着陸時の気象状況との因果関係について詳しく説明してくれた。

「じゃあ、今度来る時は夜到着する便にするわね」

私はまた崇に会いに香港に来る意思があることをさりげなくアピールした。

展望台では多くの人たちが夜景を見ていたが、若い男女のカップルが目立った。中には抱き合っているカップルが何組もおり、それに影響されてか、崇も私の横にぴったりと寄り添った。息を飲むような美しい光の世界を見ているうちに手が触れ合うと、どちらからともなく指を絡ませていた。そして、ここが攻め時だと意を決した崇は、私の両肩から腕を伸ばし胸の下で手を結んだ。想っている人にバックハグされ、胸がキュンキュンしないわけがなく、夢見心地な気分でずっとそうしていて欲しいと願った。崇は頃合いを見計らって私の耳元でつぶやいた。

「言わなくても分かっていると思うけど、オレ、メグちゃんのこと大好きだよ」

崇はそう告白すると、私の右肩に顔を埋め強く抱きしめた。

「私もタッ君が大好き」

私も心を込めて崇に返した。二人の想いが確実につながった瞬間だった。光の大パノラマの前で、私は映画のヒロインにでもなったような気分に浸り、それは崇に包まれた至福のひと時だった。

夜景を充分に堪能した私たちは再度ケーブルカーに乗り山頂から下りた。私の香港最後の夜を少しでも長く一緒に過ごそうと、崇は一杯飲んでいこうと誘ってくれ、湾仔地区の歓楽街へやってきた。路地裏には古き良き時代の雰囲気を醸し出すバーが軒を連ねていた。

「ここの辺はね、『スージー・ウォンの世界』っていう古い映画の舞台となった場所なんだよね」と崇は説明してくれたが、私はその映画を知らなかった。でも、そこここに漂うノスタルジックな風情を感じ取ることはできた。香港独特の通りにせり出したいくつもの看板の下をしばらく歩き、ジャズの生演奏をしているお店に入った。二人掛けのラブチェアに座り、崇おすすめのスタウトビールで乾杯し、一時間ほど演奏を聞いた。最初はサックス中心のビッグバンドの演奏だったが、今までなじみのなかったジャズ音楽の調べを聞くと体が自然と動き出すような感覚を覚える。ソロパートのアドリブ演奏は鳥肌もので、私の心を躍らせ気分をハイにさせる。横の崇は目をつむり頭を少し振りながら、指でリズムを取っていた。数曲聞く間にビールを飲み終えたので、二杯目として崇はウォッカトニック、私はカンパリセブンアップを頼んだ。

その後、バンド演奏からピアノのソロへと変わった。私はジャズ音楽に詳しくなかったが、ピアノが奏でる調べはクラシック音楽をジャズ風にアレンジしたものだった。子供の頃ピアノを習っていたので、ピアノ演奏になるとすべての曲名を言い当てられた。一曲目はガーシュインのサマータイム、二曲目はホルストの惑星からジュピター、三曲目はビゼーのカルメンからハバネラ、四曲目はショパンのノクターン二番と続いた。クラシック音楽のジャズバージョンは、聞いていてとても新鮮で耳に心地よかった。

四曲目の有名な夜想曲の演奏が始まってすぐのことだった。崇が私の肩を抱き寄せたのだ。不意打ちを食らった私は、そのまま崇に身をゆだね、彼の右肩に頭を預けると目を閉じてピアノ演奏を聞き続けた。しばらくして、肩のかすかな動きで目を開けると、私の視線の先に至近距離から強い眼差しを向ける崇の顔があった。ショパンの柔らかな調べに包まれて見つめ合う二人には、お互いの胸の内が分かり合えていたようだ。ゆっくりと近づく崇の唇を、私の唇は受け止めた。これが私たち二人の初めての口づけだった。

どちらからともなく唇が離れると、二人は再び見つめ合う。そして、崇は隣合って座る私を強く抱きしめた。その時崇の消え入るような声でのつぶやきを聞いた。

「今日は帰りたくない」

それはひとり言だったのだろうか、それとも私に言ったのだろうか。その判断はつかなかったが、崇の心の内を知ってしまった。ショパンの有名な夜想曲の演奏が終わると、次の演奏の準備まで少し間があいたが、私はその余韻に浸っていた。

「遅くなっちゃったみたいだね。そろそろ出ようか」と崇は言うと、ウェイターを呼んで「唔該埋單（ンゴイマイタン）」と告げた。「お会計をお願いします」という意味の広東語だが、崇が何度も使っているフレーズなので私も覚えてしまった。

ジャズバーを出る時に腕時計を見ると、午後一一時を回っていた。地下鉄も動いている時間だったが、歩き疲れていたのでヘネシー通りでタクシーを拾いホテルへ向かった。

タクシーの中で私は店を出る直前の崇の「今日は帰りたくない」という言葉を反芻（はんすう）していた。そして、〈彼はなにをしたいのだろう〉とか、〈また同じことを言われたら、私はなんて答えればいいんだろう〉という想像がほろ酔い加減の私の脳内を駆け巡った。タクシーに乗ってから崇はなにか言いたげだったが、しばらく沈黙を守っていた。彼も恐らくこの後のことを私にどう伝えるかで思い悩んでいるのが分かる。ホテルに近づいてくると、やっと重い口を開いた。

「明日のフライトの出発時刻は八時頃だったよね」

「八時一〇分発の中華航空。ホテルを出るのは何時頃かしら？」

「ちょっと早いかもしれないけど、五時半にチェックアウトしようか」

「うん。任せる」

「じゃあ、モーニングコールは五時でいいかな？」

「三〇分じゃ準備できないよ。四時半にしてくれない？」

「分かった。俺、起きられるかなぁ。もしメグちゃんさえよかったらなんだけど……」

途中まで言って、崇は言い淀んだ。私には彼がなにを言いたいのか予想できた。さっきジャズバーを出た時から、何気に彼の様子がおかしかったので、この後も一緒にいたいのだろうと察知していた。ホテルに帰っても一緒にいるということは、同じ部屋で一夜を過ごすということだ。もし、そう言われたらどうしようか。それは一線を越えるということを意味する。いずれは崇になら体を許してもいいとは思っていたが、果たしてそれは今だろうか。お互い好き同士ならいいとも思うし、時期尚早とも思える。そんな相反する二つの考えが私の頭の中でグルグルと回っていた。考え過ぎると、余計に答えに行き着かなかった。聞かれた場合には、私自身がどちらか選ばないといけないのに。

「明日の朝早いんで、メグちゃんの部屋に泊まっていってもいい？」

〈キター！〉と思った。言われるんじゃないかと思っていたことをズバリ言われた。

「……………」

私が答えあぐねていると、崇は私の手を握り畳みかけてきた。

「メグちゃんが欲しいんだ」

私が想像していた通りの展開になったその時、恥ずかしながら私が真っ先に考えたことは、今自分がどんな下着を身に着けているのかということだった。上と下が揃っていないことを思い出し、失敗したなーと後悔した。こういうことになるならちゃんと準備しておくんだったと、反省することしきり。〈私が欲しい〉というストレートな言葉が崇の口から飛び出したことも驚きだったが、それに対して下着のことでこんなにも考えてしまうなんてそれこそ恥ずかしい。恥ずかしいなら、すぐ脱いでしまえばいいだけの話だ。いやー、そんなのもっと恥ずかしい。崇のことが好きなのは確かなのに、その核心から離れたどうでもいいことばかり思い巡らせていた。そして、そうこうしている間に、私は意に反したことを口にしてしまった。

「ごめんなさい。タッ君のこと大好きだけど、まだ心の準備ができていないかも」

そう答えはしたものの、頭のどこかに崇がもっと食い下がってくれるだろうとの期待があった。しかし、その思いとは裏腹に、彼は私の言葉を額面通りにしか受け取ってくれなかったのだ。男ならもっとグイグイきてーとの願い虚しく、彼はあっさり引き下がった。

「やっぱ、そうだよね。そういうことは、もっとお互いのことを深く知り合えてからじゃないと無理だよね。ごめんね、変なこと言ったりして。オレのこと嫌いにならないでね」

すぐにホイホイ抱かれる安っぽい女じゃないのよと思わせる私なりの駆け引きを使ったつもりが、まったく裏目に出てしまった。さっきまで彼といい感じだったのに、私が彼を嫌いになることを恐れている。そんなこと絶対にないのに、なんでそんなに弱腰なの。

「タッ君違うの。お月様なの」

私は崇の気持ちが離れないように、とっさに更なる嘘をついてしまった。彼に恥をかかせてはいけないとも思った。それにしても、私はなにをやっているのだろう。〈好きならなにも考えず、彼に身を任せばいいんじゃない〉と言っているもう一人の自分が心の中にいた。

「そうなの。分かった」と彼が言ったところで、タクシーはホテルに着いてしまった。

「明日早いんで、オレはこのまま乗っていくね」と私に告げると、ドライバーにはすぐにもどる旨を伝え二人でタクシーを降りた。崇はフロントでモーニングコールを頼んだ後、エレベーター前まで私を送ると頬にキスをしてくれた。

エレベーターのドアが開くと、私一人乗り込んだ。

「明日五時半にロビーで待ってるからね。じゃあ、おやすみ」と言う崇の顔はちょっと寂しげだった。

「おやすみなさい」と返すと、私は小さく手を振って崇を見送った。エレベーターの箱の中に一人残された私は泣きたい心境だった。なにをどう反省しようとも、後の祭りだった。

翌朝の起床が早いため、部屋に入るとすぐにシャワーを済ませた。バスルームから出ると、薄暗い部屋に気が滅入りすべての照明を点けた。それでも静けさの音がシーンと頭の中に響いた。耐えきれずにテレビのスイッチを入れる。なんでもよかった。雑音が欲しかった。リモコンでチャンネルを次から次にザッピングする。ニュース番組、色々な国の言語のドラマや映画、流行り歌のミュージックビデオ、そしてやたらガヤの拍手や笑い声が入るトーク系のバラエティー番組などなど。一番気が紛れそうなバラエティー番組にチャンネルを合わせると、翌日の帰国のための荷造りを始めた。

荷物のパッキングを二〇分ほどで終えると、窓辺の備え付けシートに膝立ちし外を眺めた。右側のホテルの建物と通りを挟んだ隣のビルの外壁の先にヴィクトリア湾と対岸の九龍の灯り（あか）が望めた。それはぼーっといつまでも見ていられる美しい夜景だった。崇に会いたくて三〇〇〇キロの距離を飛んできた。崇が好きでたまらず、その想いはこの訪港で崇に伝わった。なによりその前に崇の方から私を好きだとはっきり告白してくれたし、私を抱きしめキスもしてくれた。それなのになぜ私はその次の段階へ進むことをためらってしまったのだろう。色々と考え込まず、なぜ心のままに崇の胸に飛び込まなかったのだろう。

目の前の夜景はどんな精神状態でも美しく映るのだろう。この先考え過ぎて誤った選択をしてしまったと悔やむ時、網膜に焼き付いたこの景色をきっと思い出すだろう。そして、その思い出の中に流れているメロディーは、きっとショパンの夜想曲だろうとふと思った。

床についた後は起きているんだが眠っているんだか分からないような浅い眠りだったが、午前四時半のモーニングコールで覚醒した。崇としばらく会えなくなると思うと、最後にきれいな私を見せなくてはと気合が入り、バスルームで念入りに化粧を施した。スーツケースを転がし五時二〇分にロビーに下りると、寝不足気味な表情の崇が腕を組んでソファーに座っていた。きっと私が前の晩に彼の決意の行動から逃げてしまったため、眠れない夜を悶々と過ごしたのかもしれない。しかし、私を見つけると、すぐに満面の笑みを浮かべ何事もなかったかのように駆け寄ってきた。

「メグちゃん、おはよう。眠れた?」

さっきまでの眠そうな表情をかき消し、爽やかオーラに包まれたいつもの優しい崇がそこにいた。

「うん、よく眠れたよ。タッ君、ごめんね。こんな朝早くから」

眠そうな顔を見てしまっているので、私も「眠れた?」とは聞けなかった。

「全然、大丈夫。チェックアウトの手続きをしてくるから、座って待ってて」

結局ホテルのミニバーの代金まで崇が払ってくれた。今回は自分の買い物以外は、ほとんどの費用を崇に持たせてしまった結果となった。それほど私を大切に扱ってくれたし、私が彼の中でどういう存在であるのかも察せられた。それなのに私は……。崇に申し訳なく、引け目を感じている自分を自覚した。

ホテルからタクシーに乗り空港を目指した。車中私は崇に身を寄せると、肩を抱いてくれた。あざといかもしれないが、私なりの最後の甘えの意思表示でもあった。ずっとこのままでいたいと思ったが、早朝で道路は空いていたため、私たちを乗せたタクシーはスイスイ飛ばしすぐに空港に着いてしまった。

　私の搭乗するフライトの客はそれほど多くないのか、チェックイン手続きは待つことなく済ますことができた。ボーディングゲートに向かうにはまだけっこう時間があったので、空港ターミナル内のレストランで崇と一緒に中華粥の朝食を食べた。この二度目の訪港の最大の成果は、彼と想い合えていることを知ることができたことだ。この後崇との別れが迫っているが、もう一つ確認しておきたいことがあった。それは前日会社へ挨拶に行った際にも気になったことだった。

「ねえ、タッ君。聞きたいことがあるんだけど」

「うん、なに？」

「香港オフィスの人たちは、私とタッ君の関係をどう思ってるのかな？」

「同期入社だっていうのはみんな知ってる。でも、有休申請した時、安藤支店長と葛山さんには遠距離恋愛してることをはっきり言ったよ。それに開原さんにも話しているし、寮で一緒に暮らしている二人も知ってる。だから、メグちゃんがオレの恋人だって知ってる人、けっこう多いよ。まずかったかなぁ」

「逆だよ。うれしいよ」

「メグちゃんはオレのこと社内の人に話しているの？」

「社員同士の恋愛話って、すぐに広まっちゃうじゃない。だから、あまり話せてないの。今知っているのは森川部長と同じ部署の赤木さんの二人だけ。ウチの会社って、社内恋愛を快く思わない人が多いみたいだから……」

「じゃあ、あんまり大っぴらにするのはよくなかったかな」

「私はこういうこと、自分からはあまり言えない方だから、自然に広まってくれればいいと思ってる」

　私の上司の森川部長には、有休申請の際にその理由として、香港支店にいる想い人の崇に会いに行くためと話しておいた。今後のことも考えてはっきりさせておいたのだが、社内には伏せてもらえるようお願いした。赤木優香は同じ課の一年後輩だが気の合う飲み友でもあり、ある時酔った勢いで崇のことを話してしまった。優香は口が堅いので、彼女から崇のことが漏れることはないだろう。この頃私の頭の中には、遠距離だけど崇との恋愛が成就し、結婚までいければいいなとよく妄想していた。

お粥を食べ終えると、崇はコーヒーを頼んでくれた。それを飲み終えれば、再び崇と離れ離れになる。その前にあとひとつ確認しておきたいことがあった。

「もうひとつ、気になることがあるんだけど」

「なに？　気になることって？」

「あのね……」

なんて切り出そうか迷った。私の頭の中には、前日香港オフィスで会ったマギー・ホーの顔や姿がチラついていた。あの時は一瞬のことだったので確証はないが、彼女の私を見る目は他の人たちと全然違っているように思えた。彼女の目の中にメラメラと燃える女の情念のようなものが垣間見え、私をライバル視しているのかもしれないと感じたのだ。大好きな崇の一番近くにいる若くてきれいな女性、それがマギーなのだ。気にならない方がおかしい。マギーの存在が私の嫉妬心を煽(あお)った。これから私は崇から三〇〇〇キロも離れなければならないというのに……。

「マギーさんって、きれいな人だったわね。これから一緒に仕事するんでしょ」

まずは彼女の見た目を話のきっかけにしてみた。マギーは誰が見てもきれいだと思うだろうし……。

「オレの仕事を補佐してくれることになってるんだけど、正確な英語を話すから助かるよ。それにメイさんによると頭はいいらしく、実家は大きな印刷所を経営してるんだって」

「そうなんだ。優秀な子みたいね。でも……、私の思い過ごしならいいんだけど、マギーさんって、タッ君のこと好きなんじゃないかな？」

「なんでそんなこと言うの」

「昨日会った時、そんな感じがしたから」

「でもオレが好きなのはメグちゃんだし」

「私たちまたしばらく会えないんだよ。だから、すごく不安なの」

「多分、いや絶対にオレのメグちゃんを好きな気持ちは変わらないよ」

「本当？」

「約束するよ。オレのこと信じて欲しい」

「分かった。タッ君のこと信じる。ごめんね、変なこと言い出して」

「いいよ。それだけオレのことが好きだってことでしょ」

「うん、そうだけど」

日本に帰ってしまえば崇を近くで見ていることはできないが、今の彼の言葉や態度に嘘はないと感じた。彼が二心（ふたごころ）持てるほど器用な人ではないのも知っている。だから、彼を信じようと思った。いや、私には〈彼を信じる〉の一択しかないのだ。

コーヒーも飲み終えた。自分の気持ちの整理も付けた。崇はウェイターを呼び会計を済ませている。いよいよ別れへのカウントダウンが始まった。

「今回は何から何までタッ君にお世話になっちゃったね。本当にありがとう」

「オレがそうしたかったら。喜んでもらえれば、それでいいよ」

「また会いに来てもいいよね」

「もちろんだよ。いつでも大歓迎。メグちゃんはオレの一番大切な人だから」

「うれしい！　今の一言でまたしばらく頑張れそうだわ」

「うん。オレもがんばれる。じゃあ、そろそろ行こうか」

手をつないで広い出発ロビーへ下りた。一時間も経っていないのに、着いた時と比べると一変していて、そこには多くの人たちで溢れていた。出国検査へ向かう入口の前まで来た。ここから先へ崇は入れない。次に来られるのはいつ頃だろうと思いながら崇の顔を見ると、今にも泣きそうな表情をしていた。それを見られるのが恥ずかしいのか、彼は私の体を引き寄せ強く抱きしめた。そして、私の耳元でつぶやく。

「またしばらく会えなくなるから、メグちゃんを充電させて」

それを聞いて、私もそっと彼の背中に両手を回した。周囲にはたくさんの人たちが行きかっていたが、異国なので見知った人に出くわすことはないので気にならなかった。抱擁を解くと、崇は私に口づけた。私は崇の行動を予定されていたことのように受け止めた。空港は出会いと別れの場だとよく言われるが、映画やドラマなどの画面上で空港を舞台にした様々なラブシーンを見てきた。同じことを今自分が演じているとは！　私は女優にでもなったような気分だった。

後ろ髪を引かれる思いで崇と別れ、出国検査のゲートをくぐり香港から飛び立った。

帰国してから一週間くらいの間、崇の影は常に私と共にあった。電車の中、仕事の合間、食事中でさえも、崇は今頃なにをしているのだろうと考えたり、香港滞在中の楽しかった場面場面が心のスクリーンに蘇ったりした。寝しなにはよくショパンの夜想曲を聞くようになった。今や私の思い出の曲となりこの優しい旋律を聞くと、二人の気持ちがつながったあの日の夜の情景が鮮明に思い浮かび、崇の存在を身近に感じることがでるのだ。ヴィクトリアピークでのバックハグや湾仔のジャズバーでの口づけを思い出すたび私の胸は熱くなり、三〇〇〇キロ離れた崇を愛しているんだと実感した。

前回の来港時のことを思い返しているうちに、ついつい時間を忘れ湯船に浸かりすぎてしまったようだ。頭がぼーっとしてきたので湯船の栓を抜き、ぬるめのシャワーで泡を流し落とした。体を拭き終えると、ホテル備え付けのバスローブに袖を通しバスルームを出た。湯上りの熱った体に効き過ぎの空調がひんやりと感じたので、運転モードを弱の送風に切り替えた。水分を拭き取っただけの洗い髪は乾ききっていなかったが、糊の効いたシーツに包まれた毛布の中にもぐり込んだ。

時計を見ると、もうすぐ午前一時になろうかという時刻だった。日本との時差が一時間あるので、香港に着いたばかりの私にとっての体感時刻は午前二時だ。時間も遅いうえ、五時間のフライトで体は疲れているはずなのに、なかなか寝付けなかった。なにも考えないようにしようとしても、さっきまで一緒にいた崇のことが頭に浮かび、彼の言動が気になってどうにもならなかった。

眠るにはお酒の力を借りるしかないのか。そう思うやベッドから起き出ると、ミニバーからカールスバーグを一缶取り出しプルトップを引いた。崇がいつも好んで飲んでいるビールだが、ミニバーの中の何種類かある銘柄からつい無意識のうちに手に取っていた。

湯上りで喉が渇いていたので、一気に飲み干した。そして、再びミニバーの扉を開け、二缶目に手を伸ばす。今度はハイネケンを選んだ。つまみとしてミックスナッツの小袋を一つつまんで、窓際のベンチシートに移動した。九龍サイドの景色はこんな時間だと言うのに、さっきと同じように煌々と明るいままだった。いつまでも飽きずに見続けていられる夜景とナッツを肴に、私はハイネケンをちびちびと飲んだ。

五分も経たないうちに、さっき一気飲みした一缶目のビールの酔いが全身に回り始めていた。心なしか、九龍の灯りがより鮮明になったように感じる。酔ってはいるが、神経が過敏になっているのかもしれない。目の前のヴィクトリア湾を見ると、ジャンク船の帆のシルエットが左から右へゆっくりとすべるように通り過ぎていった。

〈へー、こんな船まだ現役で動いているんだ！　これで胡弓の音色でも聞こえたら、亡くなった爺ちゃんの好きだった『支那の夜』っていう歌の世界だわ〉

〈この街は眠らないのかしら？　不夜城って言葉があったわね。正に香港のことね。でも、朝までこんなに明るいのかしら。電気代もったいなくないのかなぁ〉

〈香港には派手なネオンサインが多いなぁ。ものの本によると点滅させてはいけないって書いてあったけど、本当なんだ。ネオンが点滅していると、飛行機が誘導灯と間違えて突っ込んでくる可能性があるというような理由だったけど、なんか分かるよう

な気がする〉
夜景を見ていると、次から次に取るに足らないことが頭に浮かんでは消え、崇のことは考えずに済んだ。ハイネケンが空になる頃、ようやく瞼(まぶた)が重くなってきたのでベッドに横になるとすぐに眠りに落ちていった。

前日の日本からの移動の疲れに加え、寝る前に煽ったビールの酔いのせいもあり、目が覚めたのは九時を回った頃だった。窓の外を見ると私の心を映したような曇り空だった。夕方までなにをして時間をつぶそうか？　まだ行っていない観光地をガイドブックで探した。そして、興味深い場所を見つけた。九龍城[注③]だ。〈一度入ったら出られない魔窟〉だと紹介されているが、それは治安の悪さもさることながら、通路が迷路のように入り組んでいるかららしい。警察も安易に踏み込めない無法地帯で、犯罪者はこの中に逃げ込めば捕まることはないと、映画やドラマで私の中に刷り込まれていた。載っている写真を見ると、古めかしく汚そうな集合住宅が隙間なく建っている大きなひと塊(かたまり)の建造物のようだった。果たしてどんな場所かと興味は尽きなかったが、外側から眺めるだけになりそうなことと、バスも使わないと行けないみたいだったので結局は候補から外す。地下鉄だけで行けそうな場所はないかと探し、黄大仙(ウォンタイスィン)という香港最大の寺院に行くことにした。同名の地下鉄駅のすぐ近くのようだ。午前中にこの寺院を見て、午後ショッピングに充てれば一日コースの出来上がりだ。

この日の予定が立つと、シャワーを浴びて身づくろいをし、ホテルを出た。前回はすべて崇と行動を共にしたが、その際に主な交通機関の利用方法を教わっている。だから、単独でもある程度動ける自信はあった。

黄大仙へは途中乗り換えはあったものの、簡単に行き着くことができた。寺院と同名の駅を下りると、目的地はすぐ近くにあった。横浜中華街の門を何倍か大きくしたような門をくぐると、奥に蜜柑(みかん)色の瓦屋根に赤い柱の本堂がどっしりと建っていた。日本の渋い感じのお寺とは真逆のド派手な寺院だった。中国では赤は縁起がいい色と聞いたことがあるが、関係あるのだろうか。多くの参拝者たちは長い棒花火のような線香を本堂前に供えていて、境内には線香の匂いが漂っていた。私は他の参拝者たちに倣(なら)って、本堂に向かって跪(ひざまず)いて願掛けした。

〈ずっとタッ君と相思相愛でいられますように。そして、タッ君と結ばれますように〉

　参拝を終えると地下鉄に乗り、佐敦駅で下車した。前回崇に案内してもらった『裕(ユウ)華(ファ)』という中国雑貨のデパートへ行くためだ。ここに来れば、食材・衣類・雑貨まで中国のものならなんでも揃っている。前回買ったお土産の中で割と好評だったのが汕(スワ)頭(トウ)刺繍(ししゅう)のハンカチだったので、職場の仲のいい同僚に配ろうと思い八枚購入した。オーダーメイドのチャイナドレスも欲しかったが、どこで着るのかと考えると、それを着ている自分が想像できなかったのでやめた。掛け軸や彫刻を施した硯(すずり)など、日本のデパートにはないようなものが色々売られていた。

　裕華での買い物を終えると、初めて香港に来た時に泊ったミラマーホテルを訪ねた。見知らぬレストランに一人で入る勇気もなく、近くで昼食を取れそうな場所はそこしか知らなかったからだ。ミラマーホテルのコーヒーショップでクラブハウスサンドウイッチを紅茶で流し込んだ後は、歩いて海洋中心へ向かった。ここも前回来ているが、おしゃれなボーンチャイナのお店があったので、また見てみたくなったのだ。私が気に入ったのはウェッジウッドの『ブルーサイアム』だが、家族分をセットで揃えるには何十万円もかかるだろう。それに大きな洋式の家なら違和感なく使えるだろうが、私の家のような畳の居間にはまずそぐわない。自分用にと、ミントンの花柄のティーカップを一脚だけ買った。

次はペニンシュラホテルのアーケードへ行ってみた。高校時代の親友の愛が無類のチョコレート好きなので、彼女へのお土産として有名なペニンシュラチョコレートを買うためだ。値段が高くて驚いたが、親友のために奮発した。歩き疲れたので、近くのリージェントホテルのロビーラウンジで少し休むことにした。ブラックフォレストケーキとコーヒーをオーダーする。何十枚もの大きな一枚ガラスをつなぎ目が目立たないように張った明るいラウンジからは、素晴らしいヴィクトリア湾の眺めが望めた。足の疲れも癒えたが、リラックスして考える時間ができると、頭に浮かぶのは崇のことだった。そういえば、三ヶ月前に彼のお父さんが逝去されたことを昨日は完全に忘れていた。崇に会えるうれしさからテンションが上がってしまったが、もっと彼を気遣ってあげるべきだったのではないか。

二度目の訪港の三ヶ月後の一二月半ば、崇のお父さんが末期癌で亡くなり、彼は葬儀への参列のため四泊五日の忌引き休暇を取り一時帰国した。崇の実家は長野県の諏訪市にあり、地元の精密機械メーカーに勤務する彼のお兄さんが実家を継いでいる。病弱なお母さんに代わり、葬儀のすべてをそのお兄さんが取り仕切ったそうだ。

そんな崇から会社で仕事中の私に電話があったのは、帰国初日の成田到着後だった。予期せぬ連絡にすごくうれしかったが、帰国理由がお父さんの逝去だったので、お悔やみの気持ちは伝えたものの、気落ちしている彼にかけてあげる言葉が見つからなかった。崇に寄り添ってあげたかったが、突然のことでなにもできない自分がはがゆかった。香港へもどる四日後の昼前に新宿に着くので、会いたいとのことだった。その日は幸運にも、隔週で回ってくる土曜休日に当たっていたのでよかった。帰国便は夕方成田発なので半日ほど時間がありそうだ。食事して映画でも見ようと言われ、映画の選定は私に任された。

当日新宿駅東口改札で落ち合った後、近くの喫茶店でランチを食べた。気のせいか三ヶ月前の香港で会った時と比べ、少しやせたようで顎のラインがシュッとしたように見えた。食後、封切になったばかりで一番話題になっていたトム・クルーズ主演の『トップガン』を見た。前々からこの映画は必ず見にいこうと思っていた作品だったが、期せずして崇と二人で見ることができラッキーだった。実は半日デートができると聞いた翌日、前売り券を購入していたのだ。トム・クルーズの格好よさは言わずもがなだが、ジェット戦闘機同士の空中戦（ドッグファイト）シーンは圧巻だった。

映画鑑賞後、上野に出て崇の買い物に付き合った。彼に空港までは来なくていいよと言われたが、私がどうしても行くと言い張ったため崇は折れた。彼も内心ではうれしいはずだ。成田へ向かうスカイライナーの車中終始崇に寄り添い、彼のぬくもりを体内に充電した。成田空港で搭乗手続きを終えると、お茶したり展望デッキを散歩したりして、ぎりぎり最終案内（ファイナルコール）に間に合う時間まで一緒にいた。手荷物検査ゲートの前にくると、私たちは約束事のように抱き合いキスをした。そして、崇は制限エリア内へ消えていった。

三ヶ月前にお父さんを亡くされた悲嘆から、崇は立ち直れたのだろうか？

自分のことばかりを優先してしまい、崇への心遣いを怠ってしまったことを私は恥じた。もしかしたら昨日感じた彼の微妙な言動の変異は、お父さんを亡くされた傷心の思いを未だ引きずっているからなのだろうか。兎にも角にも夕方崇に会ったら、まずそのことを謝ろうと思った。

リージェントホテルを後にすると、スターフェリーピアから、香港島のセントラル地区へフェリーで渡った。崇は香港へ来たばかりの頃、休みの日の時間つぶしに、このスターフェリーで何度も香港島と九龍の間を行き来したと言っていた。乗り方も簡単だし、料金も安いのがその理由だ。甲板で海風に吹かれていると、香港にいるんだということが強く実感できるのだとか。私も一人で乗ってみて崇の気持ちを理解することができた。

セントラル地区に着いてから向かったのは、ブランド品のブティックが集まったランドマークというショッピングモールだ。特になにかを買うためとかではなかったが、色々な高級ブランド品が売られているので、見ておくだけでも勉強になると思ったからだ。崇は昨年の年末のセールの時、ここでセリーヌの靴を八万円で買ったそうだ。前回の訪港で崇の部屋を訪ねた折に見せてもらったのだが、八万円の靴なんていつ履くんだろうか？　靴底が傷むのが気になって、私ならきっと外では履けないだろう。三〇分ほどランドマーク内のいくつかのお店を冷やかした後、私はストリートトラムに乗ってホテルへもどった。

部屋に入ると、朝散らかしたままの部屋は、きれいにクリーンアップされていた。ベッドメイキングも完璧で、ぐしゃぐしゃにしたままの寝床もしわ一つない状態になっていた。夕刻の外出に備えシャワーを済ませると、前回の反省から私は上下揃ったピンク色の勝負下着を着用し、メイクもばっちり施し崇からの連絡を待った。

部屋の電話機のベルが鳴ったのは六時少し前だった。

「もしもし、メグちゃん」

崇の声だったが、心なしか元気がなかった。

「タッ君、着いた？」

「ごめん、実はまだ出先なんだ。ちょっとトラブっちゃって。あと三〇分くらい待ってくれる？」

「うん、分かった。仕事優先だから、全然かまわないよ」

「ありがとう。じゃあ、後でね」

短いやり取りだったが、やっぱり崇の様子は変だった。声にまったく覇気がない。なにかあったのだろうか。〈トラブっちゃった〉のはこの日の商談だったのだろうか。彼のことはなんでも気になってしまう。じりじりする思いで彼が来るのを待った。

崇からホテルに着いたと連絡があったのは、七時を少し回った頃だった。急いでロビーに下りるという私の返事を制して、私の部屋で少し話がしたいと彼が言った。〈その話の後、出かけるのかな？　夕食はどこに連れて行ってくれるのかしら？　それとも私の部屋でなにかしたいのかな？〉と思いを巡らしていると、私のお腹がグーっと鳴った。一日中歩き回った上、昼食は軽めだったのでお腹がすごく空いていたのだ。崇に聞かれたら恥ずかしいので、テレビをつけておこう。チャンネル選択中にドアのノック音がした。当たり障りのない英語のニュース番組を選びヴォリュームを低めに設定した後、部屋のドアを開けた。濃紺のカッターシャツにジーンズ姿の崇が立っていた。その服装から、仕事先から直行で来たのではないようだった。私は部屋の中へ彼を招き入れた。

「ごめんね。大分遅くなっちゃって」と話す崇は疲労困憊という様子で、顔面は蒼白で幽霊のようだった。

「とりあえず座って。ビールでいい？」

「うん」と返ってきたので、ミニバーからカールスバーグを二缶取り出し、一つを崇に手渡した。

「仕事の話、うまくいかなかったの？」

「うん、ちょっとあってね」

崇はそのことに触れられたくなさそうで、話を濁した。それなら無理に聞かない方がいいだろう。これから楽しいひと時を過ごそうというのに、わざわざ暗い雰囲気にする必要はないのだが、彼の元気のなさが気になった。しばらくの沈黙の後、「今日はなにをしたの？」と聞いてきたので、黄大仙をお参りしたこと、ショッピングでどこを回りなにを買ったかなど、私は一人でも行動できたことを自慢げに答えた。

「ごめんね。遠くから来てくれたのに、ひとりぼっちにさせちゃって」

「全然、大丈夫だったよ。香港は東京みたいな都会だから、一人でも平気よ」と私はシティーガールを気取り強がってみたが、彼は俯いたままだった。その後また沈黙が続いたので、私は昼間リージェントホテルで考えていたことを切り出してみた。

「それよりも、私の方こそごめんなさい。お父様を亡くされて気落ちされているでしょうに、私ばかり浮かれてしまって」

崇はビールを煽った後、とつとつと話し始めた。

「親父のことはもう三ヶ月になるんで、気持ちの整理はついたかな。亡くなった人は、なにをどうしても帰ってくるわけじゃないしね。ただ、入院や手術のこととか葬儀に至るまで、兄貴にばかり負担をかけたっていう肩身の狭い申し訳なさはすごく感じてるんだ。それにお袋は若年性アルツハイマー型認知症で、最近はその症状も大分進んでいてね。そんなお袋の世話も兄貴に背負わせてしまっている。実家に帰ると色々考えさせられることばかりなんだ。そんなことも覚悟の上で海外で働くって決めたんだけど……。でもね、兄貴は『自分で決めた道なら最後まで貫け』って励ましてくれてるけど、でも……、オレって、すげー自分勝手なのかな、メグちゃんのことも……。本当は日本にいなきゃいけないのに……、帰れなくなっちゃった」

そこまで話すと、突然崇は頭を抱え髪をかきむしり塞ぎ込んだ。最後の方は言葉も途切れ途切れで、なにを言っているのか理解できなかった。ただあることで深く悩み苦しんでいるのは伝わった。〈帰れなくなった〉とはなんのことだろう。私のことについても、なにか言いたそうだった。崇の周りの空気がどんよりと暗く渦を巻いているように感じた。私もその重苦しい雰囲気を察せられたが、なにが崇をこんなにも苦しめているのか分からず、ただ彼のことを見守ってあげることしかできなかった。

どれだけの時間が経過しただろう。私も崇の尋常ならざる様子を前にして固まっていたので、時間の感覚が欠落してしまっていた。数十秒間だったかもしれないし、数分間だったかもしれない。落ち着きを取りもどした崇は、顔を上げると、私をじっと見つめた。

「ごめん。本当にごめん。オレ、メグちゃんを裏切っちゃったんだ。謝っても許されないことは分かってる」

崇の言った言葉は私の耳に届いたが、一瞬彼がなにを言っているのか分からなかった。

「えっ、なんのこと？　タッ君、なにをしたの？」

「マギーが妊娠したんだ。オレの子供なんだ」

「マギーさんって、香港オフィスの新人の子でしょ。どうしてそうなっちゃったの？」

「ごめん、オレが全部悪いんだよ」

「マギーさんはタッ君のこと、どう思ってるの」

「彼女もオレのこと、愛してくれてるんだ」

「彼女もって、どういうこと。じゃあ、タッ君もマギーさんのことが好きなわけ？」

「ごめん」

「………」

今日、何度崇から〈ごめん〉と言われたのだろう。恋の終わりがこんな具合に突然訪れるとは思ってもみなかった。自分のことなのに、割と冷静でいられることが不思議だった。思い返せば、〈大好きだ〉という気持ちを手紙に乗せて送り、前回香港に来た時には告白され抱き合ってキスもした。それで私は崇はもう自分のものだと勝手に思い込んでいたのだ。私はなんてバカなのだ。将来を約束し合ったわけでもないのに、自分に都合のいいようにしか考えていなかった。それは彼が近くにおらず見えていなかったから、きっとそう思い込むことで自分自身を安心させていたのだろう。

「タッ君のこと、大好きだったのに」

そう声を振り絞ると、涙腺が緩み涙が込み上げてきた。私は強く瞼を閉じ、涙を押しもどそうとした。

「ひどいよ。ひど過ぎる」

「オレがひどい男だっていうことは充分自覚してる。実は今日仕事っていうのは嘘だったんだ。マギーの両親に会いにいってたんだ。それでオレは責任を取るって決めたんだ。多分会社も辞めると思う」

「辞めてどうするの？」

「彼女のファミリーのビジネスを手伝うことになるかな」

「そうなの。もしタッ君が私よりマギーさんを愛していることが分かれば、私諦めるしかないよね。だから、ちゃんと話してよ」

私のその問いかけに対し、崇はなぜマギーとそんな関係になってしまったのかを説明してくれた。崇は半年前の私の二度目の訪港をピークに、私のことを愛してくれていたのは本当のことだった。ちょうどその時期にお父さんが肝臓癌の手術をしたのだが、開腹すると手の施しようもない状態だったのだ。その知らせをお兄さんから聞いた時、なぜ手術の時に帰ってこなかったのかと、時々正気にもどるお母さんからもなじられた。そして自己嫌悪に陥ると、酒で紛らわせるような習慣ができてしまったとか。その酒に時折付き合ってくれたのがマギーだった。お父さんが亡くなる一週間ほど前にマギーと共に広州へ一泊の出張に出たが、この時に初めてマギーの崇への秘めた想いを知り、過ちを犯してしまったのだとか。葬儀のための一時帰国から香港にもどると、お父さんを亡くした喪失感から再び酒浸りになるも、陰ながら崇を支え立ち直らせたのもマギーだったらしい。

崇が失意の底にいる時、傍(そば)にいたのは私ではなくマギーだった。もしも私が同じような状況で崇の傍にいれば、当然彼に寄り添い立ち直らせるためにでき得る限りのことをしただろう。悔しいけれど、私はなぜ崇がマギーに走ったかの経緯を理解できた。そう、私はマギーさんに負けたのではなく、三〇〇〇キロという距離に負けたのだ。きっとこれが遠距離恋愛の限界なのかもしれない。

「悪あがきはみっともないから、タッ君に会うのはこれきりにする。マギーさんは私が香港に来てること、知ってるんでしょ」

「うん。でも帰国は明後日でしょ。よかったら、明日どこか案内するよ」

「明日休みなの？」

「休みだよ」

「それならマギーさんと一緒にいてあげて。私がマギーさんの立場だったら、自分以外の女には会いに行って欲しくないはずよ。振った女に気遣いは必要ないよ」

「ごめんね」

また謝られた。こっちが惨めな気持ちになるから、もう謝るなって言ってやりたかった。崇は優し過ぎる。そんな彼の優しさも、きっと私が好きになったポイントの一つだったのだろう。もっと早く知らせてくれれば、香港まで会いに来ることはなかったのに。崇は最後まで、私かマギーかで迷ったのだろう。今後のことも今日決断したようだし。でも、マギーを選んだのなら、もう私の方を振り返らないで欲しい。

私は崇に振られたことを認識できていた。泣いてすがっても、元にはもどらない現実。ついさっきまで大好きな崇に会えるとルンルン気分で待っていた私が、今は……。突然天国から地獄の底に突き落されたような心境だ。この先私はどうなるのだろう。今はただただ虚しかった。私は窓際のベンチシートに膝立ちし、静かに九龍の夜景を眺めた。もう崇に伝える言葉も浮かばなかったし、話す気力もなくなっていた。

「本当にごめん」

私の後で崇が立ち上がる気配を感じた。その言葉はもういいのにと思いつつ振り返ると、腰を深く折り頭を下げている崇を見た。

「私なら大丈夫だから、顔を上げて」

「オレ、メグちゃんの幸せを祈ってるから」

別れ際にそう言われ、一瞬〈今更あなたになんか、そんなこと祈って欲しくない〉とイラっとしたが、〈やっぱりあなたなら心からそう祈ってくれるんでしょうね〉と思い直している自分に笑ってしまう。最後の瞬間まで、私は彼を嫌いになれないのか！

「タッ君もマギーさんとお幸せに」と、私は半分偽りの言葉を返し崇と別れた。

ドアが閉まりオートロックがかかる音を聞くと、急に気が緩んだのか、お腹がグーっと鳴った。振られたばかりで悲しいはずの時に、体はなんて正直なんだろう。確かにめちゃくちゃお腹が空いていた。私は一人で笑いながら涙を流した。

〈そうだ、ヤケ食いしよう！〉

そう思うや、ルームサービスのメニューを開いた。シュリンプカクテル、シーザーサラダ、ピザマルゲリータ、フィレミニオンの四品とフルボトルの赤ワイン一本を注文した。

ミニバーのビールを飲みながら三〇分ほど待つと、テーブルワゴンに載せられた料理とワインが運ばれてきた。ワゴンの折り畳み部分を水平にロックすると、丸形のダイニングテーブルになった。ルームサービススタッフが私の目の前でワインのコルクを抜きグラスに注いでくれた。私はなんだかすごい贅沢をしているような気分になる。

スタッフにチップを渡し出て行ってもらうと、目の前の料理を次々に食べていった。その間も崇との思い出の場面を一つ一つ思い出した。彼との思い出を料理と一緒に飲み込んで、全部消化できればいいのに。次から次に思い浮かぶ崇の記憶はどれもキラキラと光り輝いていて忘れ難いものだった。私がどれほど崇を好きだったか、自分でも嫌になるほど思い知らされた。

ワインをボトル一本空けたのに、崇の顔がチラついて離れない。私を見つめてくれたきれいなアーモンドアイ、筋の通った形のいい鼻、センター分けの髪型、微笑むと左側の方がちょっとだけ高く上がる口元、顔のどのパーツも好きだった。ワインの酔いが回っているはずなのに、体は更なるお酒を欲していた。

更にミニバーのビールを二缶飲み干すと、九龍の夜景が私の心を揺さぶった。そういえば前の晩もこの眺めが私を癒してくれたんだった。そして、今晩も同じ眺めが私を癒してくれている。私は更にもう一缶ビールを開けた。〈これを飲みながら、この美しい夜景を網膜に焼き付けよう。もう恐らく香港には来ないだろうから〉と思いつつビールを飲んでいると、私の心の中にショパンの柔らかなピアノのメロディーが流れ始めた。二度目の香港からもどった後、毎晩聞いていたクラシック版の夜想曲だ。瞼を閉じると、その夜想曲を弾いている私の姿が見えた。実際の私はこんなに上手く弾けるようになる前にピアノ教室に通うのを止めてしまったが、プロピアニストのように上手く弾いている。私はお酒の酔いが生み出した幻聴と幻影の演奏を堪能した。ゆっくりと曲が終わると、私は瞼も開けられないどころか、四肢も思うように動かなかった。そんな様子を見かねたピアノを演奏していたもう一人の私が、動けない私の体を支えながらベッドまで連れてきてくれた。そのままベッドの上に倒れ込んだ私は、その瞬間に眠りに落ちた。

その晩私は夢を見た。夜中にいつもの通勤電車に乗っていたので、帰宅途中という設定なのだろう。ドアの窓の外は暗闇の中にポツリポツリと民家の灯りが点る。田舎道を走る車のヘッドライトが遠くに一つ二つゆっくりと走っていく。そこへ複々線の外側の線路を走る急行電車が、私の乗っている各駅停車に追いつき抜きにかかってきた。両電車ともスピードを出していたが、急行電車の方が若干速いようで、ゆっくりと通り過ぎていく明るい車内の様子もよく見えた。それほど混んではいない車内の乗客の中に、吊り革を掴んで立っている崇を見つけた。崇が私の目の前に来たところで急行電車は少し減速したのか、各駅停車としばらく同じようなスピードで並走した。一瞬だったが、二人の視線が交錯した。「タッ君」と思わず叫んだ瞬間、崇が微笑んだように見えた。しかし、その笑みは私に向けられたものではなく、隣に寄り添うようにして立つ長い髪の女性へのものだった。その女性の顔には見覚えがあった。しかし、いつどこで会っているのか、すぐに思い出すことができなかった。その女性が崇を見て楽しそうに話し出した時、急行電車がスピードを上げたのか、私の乗る各駅停車がスピードを落としたのかは定かでなかったが、崇の乗った電車は徐々に離れていってしまった。

目の前のドアの窓は再び黒いガラスにもどり、私の乗っている電車の明るい車内の様子を映していた。その中に、寂しげな表情の私の顔もあった。

胸が締め付けられるような思いで私は目覚めた。頭がガンガンに痛かった。前の晩に飲み過ぎたという自覚はあった。喉もカラカラに渇いていたので、ミネラルウォーターをグラス一杯飲んだ後、日本から持参した頭痛薬を飲んだ。夢の中では特定できなかったが、崇の横にいた女性は崇と一緒に働いているマギー・ホーだと認識できた。前回の来港三日目の夕方、香港オフィスで私は彼女に会っている。同性の目から見ても、スラっとしたスタイルにかわいらしい顔立ちの明るい性格の子だった。でも、私と視線が合った一瞬のことだったが、彼女から私を敵視するような強い意志を感じ戸惑ったことを思い出した。今改めて思い返すと、あの頃からマギーは崇のことを好きだったのだろう。

窓の外はまだ暗かったので時計を見ると、午前三時半だった。もう一眠りしようとベッドに横になると、夢で見たシーンが頭の中に蘇った。並走するそれぞれの電車の中の私と崇の間の距離は、数メートルだろう。二人を遮る電車の強化ガラスが壁となり、更に電車の発する大きな走行音も加わって、私の声をかき消した。すぐ目の前に見えていたのに、私の声は届かなかったのだ。崇の乗った電車はもう遠ざかってしまった。彼の優しい笑顔はもう二度と私に向けられることはないのだと悟った。これが私と崇の遠距離恋愛の結末なんだ。激痛の走る頭でそう考え至ると、薬が効いてきたのか、再び眠りに落ちていった。

目が覚めたのは午前九時半頃だった。ひどい頭痛は治ったものの、吐き気、胸焼け、鈍い腹痛などを伴い不快感でいたたまれなかった。二日酔いであることは自分でも分かった。それに加えて、確実に食べ過ぎてもいるので、消化不良も起こしているに違いない。前の晩の崇とのことを思うと、もう香港にはいたくなかった。一刻も早く日本に帰りたいけど、どうしたらいいんだろう。その前に体調も回復させないといけない。私は前に会社の先輩から教わった方法を試みることにした。トイレの中でミネラルウォーターを飲めるだけ飲むと、吐き気を催してきた。そこで便器の前に跪き、人差し指を口の中に入れ喉の周りを刺激した。そして、激しく嘔吐(おうと)した。胃の中のものをすべて吐き出す瞬間は、涙が出るほど苦しかったが、吐いた後は不思議なくらい不快感が治まっていた。そのままシャワーを済ませると、帰れるあてはないものの、私は荷物をまとめた。

午前一一時頃、電話のベルが鳴った。流暢な日本語で話しかけられたので日本人かと思ったが、香港オフィスの阮美詩副チーム長だった。崇の上司の一人で、半年前に香港オフィスで挨拶している。崇がメイさんと呼び、香港のお母さんと慕っている人だ。そんな人が私になんの用だろうかと話を聞いてみると、崇が私のことを心配して彼女に様子をみるよう頼んだのかもしれないと思えた。観光でもショッピングでも好きなところへ案内すると、ガイド役を買って出てくれているのだ。言葉の端々から、私と崇の破局についても知っていそうな口ぶりだった。

「メイさん、助けてください。お願いです」

「助けてって、なにかあったの？」

「今すぐに日本へ帰りたいんです。私だけではフライトの変更とかできないんで」

「そういうことか。いいわ、お昼前にはそっちへ行けると思うから、すぐに出られるよう準備しておいて」

「はい、分かりました。お待ちしております」

藁にもすがる思いで、私はメイさんにお願いした。三〇分ほどで彼女は私の部屋に来てくれた。すぐに帰りのチケットを見せてくれと言われたが、私の差し出したチケットを確認したメイさんの顔色が曇った。

「このチケットは多分使えないわね。ほら、ここに〈日にちの変更不可、エンドース不可、払い戻し不可〉ってスタンプされているでしょ。だから、今日の便に予約が取れたとしても、新しい片道チケットをノーマル運賃で買わないといけないけど、それでもいい？」

「はい、かまいません」

エンドースとは、予約が取れている航空会社が他の航空会社への変更を認めチケットに裏書きすることを意味する。要するに、私の持っているチケットは、打ち込まれた日にちの決められた便以外には使えないものだった。ディスカウントチケットなので致し方ないが、それでもすぐに日本へ帰りたい気持ちは変わらなかった。

「時間もないので、市内で予約手続きするより、空港へ直接行った方がいいかもしれない。とにかくトライしてみよう」とメイさんに促され、ホテルをチェックアウトしタクシーで空港へ向かった。

空港に着いた私たちは、まずは日本航空のオフィスへ行ってみた。しかし、この日のフライトは満席で、キャンセル待ちになるとのことだった。仕方なくキャンセル待ちのリストに名前を載せると、次にキャセイ航空のオフィスへ急いだ。すると幸運にも一五時発のCX—500便に空きがあったので、その場でチケットを購入した。その後この便のチェックインカウンターへ向かうと、手続きを待つ人の列ができていた。

待つこと三〇分、私は帰国便の搭乗券を手にすることができた。手続きを待つ間、私はメイさんに苦渋の決断をした崇の話を聞いた。前日の夕方、メイさんは崇に呼び出され、会社の近くのコーヒーショップで彼の相談を受けたのだそうだ。マギーか私かの決断に悩む彼の様子は見るに堪えなかったとのこと。結局マギーを妊娠させてしまった責任を強く感じた崇は、私のことを諦める決意をしたそうだが、その時激しく泣き出して大変だったと話してくれた。この日メイさんが私に連絡をくれたのは、誰かに頼まれたからとかではなかった。前日のひどい状態の崇を見ていたので、私を案じてくれての彼女の判断だったとのこと。そのことを知ると、彼女が不肖の息子の尻ぬぐいをする母親のように思えたが、彼女が来てくれたことは私にとって正に地獄で仏に会ったようなことだった。私だけだったら、きっとなにもできぬまま悲嘆にくれ、つらい夜をもう一晩過ごしていただろう。私は心からの謝意をメイさんに伝え、搭乗ゲートへ向かった。

崇と私の恋の破局は安藤支店長から森川部長にも伝わっていたようだ。私が崇に振られ傷心の思いで帰国したので、心配のあまり電話してくれたらしい。私は香港からもどった後、体調不良を理由に一週間会社を休んだ。ボロボロの精神状態では仕事も手につかず、周りの人に迷惑をかけるばかりだろうと目に見えていたからだ。家にいても一日中ぼーっとして過ごし、生ける屍（しかばね）のようだった。忘れようとすると、余計に二度目の香港での楽しかったことを思い出した。崇を嫌いになろうと彼への恨み辛みを増幅しようと試みるも、好きだったという気持ちは消え切らなかった。私は日記をつけているので、そんないつまでたっても収拾のつかない感情を文字にして残した。

気持ちの整理ができぬまま、一週間きっちり休んで会社へ行った。これ以上休んだら社会人落第だと思い、自分に鞭打ち出社したのだが、その日の夜私は森川部長から優香と一緒に夕食に誘われた。私一人だと社会道徳上まずいと思ったようで、私と仲のよい優香も同席させたのだろう。以前部長に「麦野君とのことを社内では誰に話しているか？」と聞かれた時、「赤木さんにだけ」と答えているので彼女とセットで呼ばれたのだ。私の勤務する会社のスタッフは人間関係にドライな人が多いが、田光社長と共に森川部長は人情派で通っている。連れていかれた場所は、会社からちょっと離れた雰囲気よさげなすき焼き専門店の個室だった。ここなら他の会社スタッフは来ないと考え決めたのだろう。

この店の肉は上質で口の中でとろけるようだった。きっと高いに違いない。森川部長のポケットマネーでの奢りだろうから、私ごときに散財させてしまうことを心の中で申し訳なく思った。部長と優香の優しい慰めと元気づけようという言葉を受け続けた私は、ついに感情を抑えることができなくなり、二人が見ている前で大泣きしてしまった。隣に座る優香は私の背中をさすりながら抱きしめてくれた。森川部長は「すっきりするまで思い切り泣け」といった後、無言で見守ってくれた。ひとしきり泣くと、なぜか心の奥にあった重苦しいものが消えたようで、気持ちが楽になったように感じられた。

「人は誰しも生きていれば試練にぶち当たるものだ。これから先、漆原さんにもっとつらい苦難が待っているかもしれない。でも、今回のことで免疫ができたんで、きっと乗り越えられるだろう」と会食の最後に部長は結んだ。

崇が私のところへはもうもどらないんだと現実直視できるようになったのは六月の初め頃で、崇がマギー・ホーと結婚式を挙げたことと二人が会社を退職したことを知ってからだった。それまでは仕事中でも気がつけば崇のことを考えていることも何度かあった。往生際が悪いことこの上ないが、無意識のうちに考えてしまっているのでどうしようもなかった。人の口に戸は立てられぬとはよく言ったもので、香港支店から東京本社に伝わったと思われる私の失恋の噂は心ない人に歪められ、話に尾ひれが付いて広まった。〈香港に抱かれにいったのに、相手にされず捨てられた〉とひどい陰口を叩く人もいた。私を好奇の目で見る人もいて、そんな人たちの視線からひたすら耐えねばならない日が続いた。しかし、数ヶ月もすると、私の変な噂は聞かなくなった。

入社四年目を迎える春、私に営業部への異動辞令が出た。最初は事務作業中心であったが、半年ほどすると営業スタッフに同行し外回りもするようになった。得意先での営業トークや契約内容を筆記したりする営業の補佐的な仕事が課せられた。

崇との恋の破綻から二年半ほど、私に新しい男性との出会いはなかった。いや、ないというよりも、私の胸の内にしばらく恋愛はいいやという思考回路ができあがり、誰から誘われたとしても断り続けていたのだ。だから私に近づこうとする人たちには、身持ちの堅い女と映ったかもしれない。そんな私にアプローチしてきた人たちの一人が、二年前に中途採用で入社した同じ営業部の神原展之（かんばらのぶゆき）さんだった。

神原さんには二度ほど営業に同行したが、機関銃のようによくしゃべるという印象の営業向きと思える人だった。そんな彼から猛アタックを受けたのは、営業部に異動になって二年目の夏だった。夕食へは二度誘われたが断り、三度目はないだろうと思っているところへ、懲りずにまた誘われた。体格はいいのだが、顔は私のタイプではなかった。でもどこか憎めない犬のような愛嬌のある顔で三度目に誘われると、気持ちがほだされ一度くらいならいいかなとつい受けてしまった。

連れていかれたのはベトナム料理レストランだった。店内はアジアンテイストの調度品で統一され、一種独特な雰囲気で溢れたお店だった。ウェイトレスは白いアオザイを着ていて、店内の空気にマッチしていた。ベトナム料理は初めてだったが、神原さんが頼んでくれた料理はどれも美味しかった。一番気に入ったのは揚げた春巻きやサトウキビの茎にエビのすり身を巻いて焼いたものをサニーレタスで巻いて食べるスタイルで、すごくヘルシーだなと感じた。食事をしながら、神原さんはいかに私のことが好きなのかをこれでもかと語った。かわいい容姿、控えめで優しい性格、奥ゆかしい所作などを滔々と褒めまくった。褒められて悪い気はしないのだが、あまりの押しの強さには圧倒されっぱなしだった。結論は私と付き合いたいということだった。私は即答を避け、「考えておくね」と言って逃げておいた。

答えを先延ばしにしたのはまずかったようだ。ベトナム料理の夕食から二、三日置きに神原さんから誘われたが、その都度適当な理由をつけ断った。私の答えが早く聞きたいのだろうと容易に想像できた。彼に付き合いたいと言われた一〇日後再び誘われたが、私は先約があると言って断った。この時は本当に先約があった。以前パック旅行で香港へ一緒に行った親友の愛と夕食の約束をしていたのだ。久しぶりに会った愛は三ヶ月前に結婚したばかりで、幸せオーラで輝いて見えた。私にスキスキ光線を発射しまくってくる神原さんと交際すべきか相談した。

「自分が好きな人と一緒にいるより、自分を好きでいてくれる人と一緒にいる方が幸せになれるんじゃないか」と愛にアドバイスを受けた。愛が結婚した相手が、彼女のことをすごく大好きでガツガツと来られたので結婚に至ったそうだ。その結果、今はすごく幸せらしい。実際に付き合ってみないと相手のことはよく分からないし、付き合ってみて嫌だったら解消してもいいんだし、とも言われた。要は立ち止まって考えるより、前に進みながら考えろと言われているように感じた。

愛との食事から一週間くらい経った頃、神原さんの誘いを受け夕食に行った。この時連れていかれたのはタイ料理レストランだった。私は一度タイへ行ったことがあるが、それ以来タイ料理にハマっている。美味しいタイ料理を食べるとテンションも上がり、神原さんとの会話も楽しく思えた。そして、前の週の愛のアドバイスを参考に、交際の申し出を受けますと答えていた。神原さんがメチャクチャ喜んだのは言うまでもない。

それから私たちは社内にバレないように交際を始めた。ただ以前同じ部署で働いていた優香にだけは神原さんとのことを打ち明けていた。彼女はその後人事部に異動になったが、今でも時折夕食を共にし情報交換している。優香にも合コンで知り合った進行中のカレシができていた。私と神原さんは会社の終業後に会うのを控えるようになり、もっぱら週末デートを重ねた。映画を見たり、ドライブしたり、美味しいレストランを探したりと、毎週末を楽しく過ごした。彼は話し出すと止まらなくなり、私は聞き役となることが多かった。子供好きで案外家庭的な人なのだとも分かった。神原さんと一緒にいると、なにも気を遣うことなく常にリラックスできている自分を発見した。こんな人とならー温かい家庭を築けるかもしれないと思い始めていた。

交際を始めて一〇ヶ月経った八月の初めの木曜日、仕事が終わった後にどうしても会いたいと神原さんから夕食に誘われた。急にどうしたのかしらとカレンダーを見ると、日にちの上に小さな赤文字で大安と記されていた。そろそろなにかあるかもと予感めいたものがあったが、この日の夕方に世界情勢を揺るがす重大ニュースが流れた。

イラク軍がクウェートに侵攻したのだ。多くの社員たちが休憩室のテレビの前に殺到し食い入るようにニュースに集中している様子を横目に見て、私は退社し神原さんが予約したイタリアンレストランへ向かった。

食事の間、神原さんから湾岸情勢についてのレクチャーを受けた。営業活動をする上で、時事ネタを知っていないと恥をかくこともある。私は国内のニュースはなんとかカバーできているが、海外の細々とした問題まで把握できていないことが多い。これは貿易会社の営業としては恥ずかしいことなのだが……。この日起こったクウェートの問題も、これからの得意先回りで話題となるだろう。そこで神原さんはイラン・イラク戦争まで遡り、原油価格の推移も絡め、なぜイラクがクウェートに侵攻したのかを詳しく解説してくれた。そんな難しい話を私ごときにも分かるように説明してくれる神原さんがまぶしく見えた。

このレストランの奥にはグランドピアノが置かれていて、ピアノの生演奏がBGMとして流れていた。主にクラシックの小品を弾いていて、店の雰囲気を盛り上げていた。メインディッシュを食べ終えデザートのオーダーも済ませたところで、ドビュッシーのアラベスクの演奏が終わった。奏者は楽譜を抱え店の奥に消えた。ちょうどよい頃合いだったので、私はここで化粧直しと小用のためお手洗いへ行った。

席にもどると、目の前にはさっきまでとはまったく違う神原さんがいた。緊張感を漲らせ、重々しい空気をまとっていた。彼のそんな真剣な顔は今まで見たことなかった。そして、おもむろに話し出した。

「オレがメグミちゃんを最初に誘ったのは一年前の今日なんだ。覚えてないよね」

彼がそう言ったところで、店の奥からショパンのノクターン二番の調べが流れてきた。別の奏者が弾き始めたのだ。なんでこの曲が……と思った瞬間、三年前の湾仔のジャズバーでのことが久しぶりに脳裏に浮かんだ。ピアノ奏者はたまたまこの曲を弾き、私はたまたまこの日にこのレストランに来た。すべての偶然が重なっただけなのだろう。その結果心の中に封印していた光景が蘇る。崇の思い出と一緒に。

「メグミちゃん、どうしちゃったの？」と言いながら、手を伸ばした神原さんに現実に引きもどされた。多分私はぼーっと呆けた表情をしながら、自分だけの世界に迷い込んでいたのだろう。

「オレの話、聞いてなかったでしょ。なにか別のことを考えてるって感じだったよ」

「ごめん。今演奏されてる曲、私の思い出の曲なんだ。それで色々思い出すことがあって。それで、なんの話だっけ？」

「一年前の八月二日に初めてメグミちゃんを食事に誘ったという話だよ。断られちゃったけどね」

「そうだった？　ちょっと記憶が曖昧で……」

「そりゃそうだよ。最初はなかなか誘いを受けてくれなかったからね。でも誘う前から決めていたんだ。何度断られようが、トライし続けるんだってね。だから、一度や二度断られるのは織り込み済みだった。メグミちゃんは優しいから、必ずオレの誘いを受けてくれるだろうって思ってた。実際そうなったしね。それでチャンスをもらった時は、これでもかっていう猛アピールをしたんだ。それで付き合えるようになったけど、会う度にメグミちゃんのことがもっともっと好きになっていった。付き合い始めて一〇ヶ月くらいになるけれど、オレのこともどんな人間なのか分かってもらえたと思う。だから、そろそろ決めてもいいかなぁと思って今日呼んだんだ。オレ、メグミちゃんを必ず幸せにする。だから、オレと結婚して欲しいんだ」

「はい。私でよければ」

「君がいいんだよ。ありがとう」

ショパンの柔らかいメロディーに乗った神原さんのひたむきなプロポーズの言葉は私の胸の奥底まで突き刺さり、思わず「はい」と答えてしまった。いや、彼と付き合う前に愛に相談した時にもらったアドバイス通り、このような申し出があれば、受けてもいいという気持ちはできていた。それにしてもプロポーズのバックに流れていたのがショパンの夜想曲だったなんて、この曲になにか不思議な因縁めいたものを感じた。

私は決していい営業成果を残したわけではないが、営業という仕事を面白いと感じ始めていた。結婚後も夫婦で同じ会社で働くのは避けたいので、ひとまず年度末までに退社する決意を固めた。神原さんの意見も聞いたが、子供ができるまでは働いてもいいとのことだが、できれば専業主婦でいて欲しいというのが本音のようだった。彼の実家は千葉県の茂原市にあり、旧盆でご両親が揃っている時を狙いご挨拶に伺った。

お父さんは長距離トラックのドライバーのため、普段は留守がちだそうだ。その翌週末、今度は私の両親にも神原さんを紹介した。

一〇月に入ると私が神原さんと近々結婚するとの噂が社内に流れ始めた。石倉営業本部長に婚約したことを報告し、本部長ご夫妻に仲人役をお願いした。式は翌年四月のゴールデンウィーク直前に行うことに決め、赤坂のホテルの宴会場を押さえた。ちょっと早いとも思ったが、三月末日での退職願も提出し受理された。こうして、私はバラ色の結婚生活に向けた残り少ない独身の日々を過ごしていた。

年が明けると私が担当していた取引先の引き継ぎも順調に進み、残している有休の消化もあり、三月半ばで円満退社した。その前に相手変わって主変わらずといった感じで、いくつかのグループとの送別会があった。私が入社直後に籍を置いた総務部の森川部長も一席設けてくれて、私がいた頃の総務部のメンバーを五人ほど呼んで鉄板を囲んでお好み焼きパーティーをした。もちろん優香も同席していた。部長はその席で私が崇になんの未練もないことを確認した後、彼の近況について話してくれた。同期の香港の安藤支店長から聞いた話だそうだ。

崇は退職後、奥さんの実家が経営している印刷会社で働き始めた。香港にある日系企業を中心に回り、印刷物の注文伺いをする仕事だが、日本語で営業しているためかなり量の新規受注を取ることができたそうだ。今ではうちの香港支店のスタッフの名刺やチラシ類はすべて崇の会社へ発注しているらしい。そして現在一男一女の二児の父親になっているらしい。一九九七年の香港の中国返還を見据え、マギーのお兄さん家族はカナダのトロントへの移住計画を進めていて、リスク分散のためファミリーの資産の半分をカナダに移す予定とのこと。場合によっては、崇もいるので日本にも資産の一部を移すかもしれないとか。そんな元気で頑張っている崇の近況が聞けて、私は素直によかったと思った。

田光社長を主賓に招いた結婚式をつつがなく終えると、ゴールデンウィークを利用し、ハネムーンでフィリピンのセブへ行った。マクタン島にあるタンブリビーチリゾートというコテージスタイルのホテルに宿泊したが、珊瑚礁の海の美しさは感動ものだった。スキューバダイビング体験や無人島巡りも楽しかった。

新婚生活は千葉県浦安市にある神原さんの住んでいる2Kのアパートに私が転がり込むという形で始まった。これまでフルタイムワークをしていた私にとって、毎朝夫を見送り、夜夕食を作り夫の帰りを待つという生活は退屈すぎた。いずれは新しい仕事を探そうと思うも、今まで働いていた貯えもあるので焦りはなかった。日中の夫のいない間の掃除や洗濯はすぐに終わってしまい、残りの時間は手持無沙汰この上なかった。〈三食昼寝付き〉なんて言葉もあるが、さすがに昼寝はできないが、もっぱらテレビを見るようになった。また、週一で親友の愛の家へ行くようにもなった。生まれたばかりのかわいい女の子にも会いたかったし、愛にも話し相手として重宝がられたので通うようになったのだ。結婚生活の先輩としても、愛の話には参考になることも多かった。夫との生活は、最初の半年間はなんの不満もなかった。時折付き合いで飲んでくることもあったが、前もって電話をくれていたので心配することはなかった。休みの日には一緒に出かけたりもした。

しかし、半年もすると、心なしか彼の私への扱いが雑になってきたように思われた。週に一度か二度、連絡なしで飲んで帰るようになったのだ。「夕食を用意して待っていたのよ」とか「帰りが遅いから心配してたの」とか、こちらの言い分を伝えると、「ごめんね。今度はちゃんと連絡するから」としおらしく謝るので許すしかなかった。しかし、その後も度々連絡なしで飲んでくることが続き、酒量も多くなり帰宅時間もどんどん遅くなっていった。週末も二人で外出することは減り、やがて彼は家でゴロゴロしてばかりでなにもしなくなった。

年の瀬が迫ったある日、優香から電話があった。彼女とは久しぶりに話したが、私が去った後の会社の様子を教えてくれた。特に誰がどこへ異動したなどの人事部ならではの話は私も知りたかった情報だった。そして、「恵実さんにはちょっと話しにくいことなんだけど……」との前置きの後、本題に入った。彼女によると、夫あてに外国人らしい女の人からたどたどしい日本語での電話が会社によくあるとのことだった。また、彼の担当する取引先からの支払いが遅れがちで社内でも問題になっている。それで彼に対する人事評価が下がっているらしい。なにか変わったことがあったら教えて欲しいとのことだった。

受話器を置くと、私は暗澹(あんたん)たる気持ちになった。優香は相手が私だったのでソフトに話してくれたのだろう。だとすると、事はもっと深刻なのかもしれないと思えてならなかった。夫に女がいるのかもしれないという疑惑にも打ちのめされるような気持ちになるが、彼が会社に対して裏切り行為をしているのかもと考えるといたたまれなかった。

優香から電話のあった翌日、夫は夜遅く泥酔状態で帰宅した。風呂にも入らずそのまま寝入ってしまったので、私は確認するなら今しかないと思い、夫の持ち物を次々と調べた。カバンの中、背広のポケット、名刺入れ、……。そして、ついに夫の財布の中にそれらしい証拠品を見つけ出した。蝶のイラストが描かれた『フィリピンクラブ　マリポサ』という店の名刺で、手書きで〈ステラ〉と書かれていた。この子が夫の相手かしらと思い、店の名前と住所、電話番号をメモし名刺はもどしておいた。

会社に対して申し訳ないという強い気持ちと私自身もはっきりさせたいという思いから、翌朝夫を送り出した後、夫の写真とマリポサの詳細を記したメモを持参し、隣町の興信所へ飛び込み夫の浮気調査の依頼をした。昼間見ていたメロドラマで、浮気疑惑のある夫の妻が探偵に調査を頼んでいるというシーンはよくあるが、まさか自分がドラマを地で行くようなことをするとは夢にも思っていなかった。

調査依頼を頼んだ四日後、興信所から連絡があった。その前の晩、酔って帰ってきているのでもしやと思っていたが、案の定という結果だった。興信所で渡されたのは、日時と状況を簡潔にまとめた報告書と、マリポサという電飾看板の前で抱き合う男とホステスらしき女性の写真だった。遠目から撮られた写真だったが、私には写っている男は夫であるとはっきり分かった。私は夫にこの事実をいつどう切り出すか考えたが、ぐずぐずとなにもできない日々が続き、クリスマスを迎えようとしていた。

クリスマスイブの夜、夫は初めて無断外泊した。翌日は平日で仕事があるだろうに、彼はなにをしているのだろうかと気になった。夫は私を裏切っているというのに、なんで彼のことを気にかけるのかと、自分が嫌になった。九時を過ぎた頃、会社から電話があった。聞き覚えのない声の営業部の女子社員からだった。多分私の退社後に配属された子だろう。その子によると、夫はまだ出社していないらしい。私は「いつも通りに家を出ましたが」と、咄嗟(とっさ)に嘘をついてしまった。同じ嘘でも「体調不良で休ませてもらいます」の方がよかったかと思い返すも、もう伝えてしまったので遅い。

そんなことを考えているところへ、夫が帰宅した。二日酔いで気分が悪そうなうえ、すごく酒臭い。

「今会社から連絡があったわよ」と伝えると、

「悪いけど、今日は休むって言っといてくれ」と返された。

「いつも通り出ましたって、伝えちゃったよ」

「なんでそんなこと言ったんだよ」

「だって、あなたがいないから悪いんじゃない。今までどこにいたの？」

「付き合いだから、しょうがねーだろ」と急に声高になる。

「それならなんで連絡くれなかったの」

「いちいちうるせーんだよ」

今まで聞いたこともないような荒々しい口調だった。その時、初めて夫が怖いと感じたが、私は無意識のうちに胸に秘めていたことを口にしていた。

「ステラさんっていう人と一緒だったの？」

「だったらどうだっていうんだよー。オレの勝手だろ」と隣近所にも聞こえるような声で怒鳴ると、右手で私の頬を思い切り張った。
頬よりも首に大きな衝撃を受けた私は、もうここにはいられないと思い、興信所の報告書を入れたトートバックを持ちアパートを飛び出した。駅へ向かって全速力で走りながら、こんな夫とはもう一緒に暮らせないと思った。駅のトイレの鏡を見ると、左頬を赤く腫らしている私が映っていた。頬を張られた瞬間強く首もひねっており、首から肩にかけて痺れるような痛みも感じられた。とりあえず、実家に帰ろうと思った。今私が帰れる場所はそこしかない。水に濡らしたハンカチを頬にあて、私は電車に乗り込んだ。

実家に着くと、両親は心配そうに私を見つめ迎え入れてくれた。暴力をふるわれたのは一目瞭然だったので、状況をすぐに理解してくれた。まだ首がものすごく痛かったので、すぐに近所の病院へ行った。検査の結果、頸椎付近の筋肉の炎症と軽度の椎間板ヘルニアの症状が見られるとのことだった。頬の腫れは数日で引くだろうとのことだった。夫の暴力の証拠として診断書ももらっておいた。

その夜夫は実家にやってきて、父の前で土下座して謝った。私は直接顔を合わせるのを控えた。顔を合わせれば情が移り冷静な判断ができなくなるからだが、とりあえずは心の傷と首の症状が癒えるまで実家で過ごしたいことを父に代弁してもらった。今後のことはこの実家にいる間に考えたいとも伝えた。翌日父に会社にいる夫に電話してもらい、当面私に必要な衣類を持ち出す許可を得た。私は父の運転する車で浦安のアパートにもどり、もうもどってこなくてもいいように自分の持ち物はほとんど運び出した。私はそのまま自宅に留まり年末年始を過ごした。

　年が明けた仕事始めの日、夫に鉄槌(てっつい)が下された。会社の金の使い込みが発覚し、懲戒解雇になったのだ。夫は前年の秋口からフィリピンクラブにハマってしまい、自分のお金だけでは足りず、取引先の売掛金を現金で集金し、それをクラブへの支払いに充てていたのだ。通常売掛金の精算はエビデンスが残るよう銀行送金で処理しているが、ごくたまに少額の取引の場合は現金でも受け付けていた。これを夫は悪用したらしい。Aという取引先から集金したお金を会社へ入れずにクラブへの支払いに充てる。Aの会社への入金期限に取引先Bからの集金分を充てる。今度はBの会社への入金期限に取引先Cからの集金分を充てる。そんな自転車操業のようなことをしていたらしい。会社へ入れなければならない期限に集金できる取引がなく、彼の悪事は発覚してしまったのだ。どう頑張っても破綻することが目に見えていることを、なぜ彼はしてしまったのだろうか？　それが分からないほど、彼はバカではないはずだ。それだけステラというホステスは魅力的だったのだろうか？　そんなホステスに走らせてしまったのは私に魅力がなかったからだろうか？　私がいる家庭では仕事に疲れた体を癒すことができず、癒しを求めフィリピンクラブへ通いだしたのだろうか？　私はなぜだか分からないが、自分に原因があるのかもしれないと思ってしまいがちだった。

父は夫が懲戒解雇されたと聞くと、「こんな奴にもう娘は任せられん」ということで、すぐにでも別れた方がいいと離婚を勧めてきた。私もひどい暴力を受けたうえ、フィリピンクラブの一件でも裏切られた感があったので神原との離婚を決意した。私一人だと彼に威圧され怯（ひる）んでしまうので、父にも同席してもらい話し合おうとした。しかし、彼と連絡を取ろうとすると、どこかに雲隠れしたのか、連絡が取れなくなってしまったのだ。その時になって知ったのだが、彼はサラ金からの借り入れもあるようで、その返済から逃げていたのだ。優香から聞いた話だが、会社にも取り立て屋からの連絡がしばしば入るようになり、彼が担当した取引先の経理課に確認したところ、取引先からの支払日と会社への入金された日にちにかなりのズレがあり、彼の会社に入るべきお金の私的流用が明るみに出たのだそうだ。あとどれくらいの金額が入金されていないか確認できた後、すぐに業務上横領事件として彼を呼び出し、返済義務を記した念書に押印させ懲戒解雇処分を下した。神原展之はとんでもないクズ男だったのだ。

　夫の実家経由でなんとか本人を捕まえることができて、ご両親と一緒に彼が私の実家に訪ねてきたのは三月に入ってからだった。実家の居間で私の両隣に私の両親、夫の両隣に彼のご両親、和テーブルをはさんで双方三人ずつが対峙（たいじ）した。義父は体格のいい彼よりも更に大きな体をでき得る限り縮こまらせ、額を畳につけんばかりに頭を下げ私に謝罪した。それに倣い夫と義母も深く頭を下げた。私の父は余計な話は一切せず、離婚届を差し出しこの場で夫に書くよう要請した。夫は涙を流し私とやり直したい、別れたくないと子供のように繰り返したが、私たちは聞く耳を持たなかった。

「今ここで書いてくれないなら、興信所の報告書と家庭内暴力を証明する診断書を証拠に協議離婚に向けての準備に入るけど、それでいいか。もし書いてくれれば、大きな借金がある身だろうから、慰謝料までは請求しない」と父は夫に迫った。

それでも夫は震えながら下を向き、涙をポロポロと畳の上に落としていた。そんな様子に堪えかねたのか、義父が息子を一括した。

「お前はどこまで恥ずかしいヤツなんだ。早く書きなさい。今回のことは二〇〇パーセントお前が悪いんだぞ」

夫は観念したのか、無念の表情で離婚届の用紙の所定欄を埋めていった。夫が書き終えると義父は証人欄への記入を行った。

この用紙を市役所に持っていけば、もう神原とは赤の他人だと思うと、彼を少し哀れに思えた。彼はこの先の長い人生をちゃんと生きていけるだろうかと。翻って自分のことを考えると、人のことを心配している場合じゃないと思えた。私こそこの先しっかり生きていかなきゃと自らを奮い立たせた。

「本日は遠路はるばるお越しいただき、誠にありがとうございました」と父は早く帰ってもらえるよう促した。義父たちもこんなところに長居したくないというのが本音だろう。
「こちらこそ寛大なお計らい痛み入ります」と義父は返した。帰り際に玄関で義父は「恵実さんには大変つらい思いをさせてしまいました。本当に申し訳ございませんでした」と言うと、三人揃って頭を下げ出ていった。その後すぐに離婚届を出しに市役所へ行った。こうして一年にも満たない私の結婚生活は終止符を打った。実家の庭に咲いた薄紅色の梅花の香り漂う頃だった。

この年の六月九日、私は三〇歳になった。神原との離婚から三ヶ月ほど経ち、ようやく精神的にも落ち着いてきて、そろそろ仕事を探そうと思うようになった。離婚以来、男はもうこりごりだと思うようにもなった。二〇代に出会った二人の男は、私を愛してくれたが、幸せにはしてくれなかった。熱く思い合った麦野崇との遠恋は予想外の事態で夢奪われ、私に強い恋心を抱いてくれた神原展之との結婚は夫の身の持ち崩しによって破綻した。二人のことを思い出す度に、〈私ってつくづく男運が悪いんだなぁ〉というところへ行きつく。今後私のこの悪運を変えてくれる男性は現れるのだろうか？　三〇年後の六〇歳になった私は、それまでの人生をどう振り返るのだろう？

二〇二二年六月九日、私は六〇歳の誕生日を迎えた。私もついにこんな年になってしまった。ふと若い頃のことが懐かしくなり、昔の日記のページを繰った。三〇歳の誕生日に書いたページを読むと——六〇歳になった私は自分の人生をどう振り返るか——ということが書かれていた。思い返すと、後半の三〇年間には男性との良縁はなかった。まったくなかったというわけではないのだが、深い関係になるのはよそうという、どこか予防線を張っての付き合いばかりだったような気がする。二〇代の頃の経験がそうさせたのかもしれない。離婚した年の一〇月に中堅の食品メーカーに再就職し、五五歳になるまで勤め上げた。私が二〇代の頃勤務していた田光ウィルキンス商会は、その後のバブル経済崩壊の影響で毎年右肩下がりで業績を落とし続け、二一

世紀を迎える前にイギリスの『ウィルキンス・ブラザーズ』というトレーディング会社に買収され現在は存在しない。

田光ウィルキンス商会は歴史のある会社だっただけに、なくなってしまったのは非常に残念だ。その創設は古く、イギリス人のアンドリュー・ウィルキンスが江戸時代末期に日本に設立した『ウィルキンス商会』に始まる。元々アンドリューはジャーディン・マセソン商会で働いており、中国でのアヘン売り込みで功を挙げ財を成した。そんな彼が次のビジネスチャンスは日本にあると読み、同商会を飛び出し独立したのだ。当時の日本は内乱状態で倒幕を掲げる各藩に最新鋭の兵器を売り込み大きな利益を上げた。その後の明治政府の富国強兵政策にもうまく乗り、武器の輸入は順調に続いた。そんな〈死の商人〉という暗いイメージを消す意味もあり、日本からの生糸と茶葉の輸出にも社業を広げていった。明治九年に創業者のアンドリューが亡くなると、弟のユージンが社長を引き継いだ。しかし、ユージンは本国に持つウィルキンス・ブラザーズという会社の社長でもあり、社長業の両立は難しかった。そこでウィルキンス商会の経営は、日本側の最大出資者で副社長の座にあった田光豪吉（たこうごうきち）（田光潔の曾祖父）に引き継がれ、社名は『田光ウィルキンス商会』へと変更された。田光ウィルキンス商会を買収したウィルキンス・ブラザーズの現社長のフィリップ・ウィルキンスは、ユージンの曾孫にあたる。だから、買収した側とされた側は、元来兄弟会社だったのである。

田光ウィルキンス商会で働いていた頃の日記帳も久しぶりに捲ってみた。どのページを読んでも、若い頃の私って、なんて〈純〉だったのかしらと笑ってしまった。行くときはガンガン行くのに、肝心なときには引いてしまう。そんな私の心情を綴った記録に触れると、本当に不器用だったことがよく分かる。でも、それは致し方ないことなのかもしれない。なぜなら、それまで経験したことないことばかりに直面してたんだから。そんな若い自分のことを、よく頑張ったねって褒めてあげたい。それは酸いも甘いも色々味わってきた今の私だから理解できることなのだ。

麦野崇の顔は今でもよく覚えている。私の中では若い頃のままだ。二四歳で別れて以降彼に会っていないので当然のことだが、今彼はどこでなにをしているのだろう。

崇の一時帰国の最終日に一緒に映画を見た日のページを読んで、またまた笑ってしまった。素晴らしい映画だったが、私は銀幕上のトム・クルーズの顔に崇の顔をダブらせ、最後まで集中して見ていたらしい。それほど崇はトム・クルーズのように格好よく私には見えたのだ。そんな崇と一緒に見た唯一の映画の続編が、三六年経った今年話題になっていたので、一昨日一人で見に行ってきた。その続編の『トップガンマーヴェリック』でも、年を重ねたトム・クルーズは格好よかった。前作では若い海軍のエースパイロットだったが、この映画では戦闘機パイロットを養成するトップガンの教官になっていた。前作同様ジェット戦闘機同士の空中戦は見ものだったが、劇中トム・クルーズ扮するマーヴェリックがかつて一緒に飛んでいた相棒で親友だったグースの息子に発した言葉が心に残った。

"Don't think. Just do!"（考えるな。行動しろ）

私はその言葉を三六年前の自分に言ってあげたいと思った。あの時はあれこれ考え過ぎてしまい、思っていたような行動はできなかった。崇と一緒にいる選択をしていれば、その後の私はまったく違う人生を歩んでいたことだろう。だからといって、これまでの人生がきらいなわけではない。再婚をしなかったがゆえに、思う存分趣味の旅行と油絵に生きられた。国内海外問わず休みを取っては好きなところへ旅したり、油絵ではいくつかの賞に入選することもできた。だから、六〇年間の自分の人生にすごく満足している。歴史に〈れば〉〈たら〉はない。自分の過去も〈こうしていれば〉とか〈ああしていたら〉なんて思っても、想像の世界で一喜一憂するだけで、今自分の置かれている状況は変わらないのだ。非現実的な想像をすることは詮ないことだ。

ここ数年のコロナ禍で五年も海外旅行から遠ざかってしまっている。今年のゴールデンウィークが明けると、コロナウィルス感染症が完全収束したわけではないが、感染症としての位置付けがインフルエンザと同じ五類に移行するため、海外へ行こうと思い立った。去年の六〇歳の誕生日の前後、昔の日記を読み返していたら、香港へ無性に行ってみたくなった。海外への渡航回数は三〇回を超えたが、香港へはあのつらい思いをした時以来行っていない。一九九七年の中国への返還後五〇年間は体制を維持するという約束が形骸化しているのがとても気になる。言論の自由がなくなり、市民への監視体制も強化され、デモが起これば武力で鎮圧される。香港はどんどん赤く染まっていくと多くの人が嘆いている。私が訪れた八〇年代の香港は自由で明るいところだった。街やインフラのハード面では、写真や映像を見ると当時よりも格段に進歩・発展しているのは分かる。でも現実はどうなのだろうと気になってしょうがない。香港の何が変わって、何が変わっていないのか。それが知りたくて、五月半ばに香港に行くことに決めた。ホテルを調べると、二回宿泊したエクセルシオールホテルは、すでに閉館してなくなっていた。それなら湾仔エリアにしようと思い、グランドハイアットホテルに泊れるパッケージツアーに予約を入れた。

浅い眠りから覚めて腕時計を見ると、午後三時を少し回っていた。キャセイ航空501便の右の窓際席に座る私は、背もたれを元の位置にもどした。ウィンドウシェードを上げて外を見ると、雲一つない青空が広がっていた。もうすぐ思い出の地に着くんだと思うと、年甲斐もなくワクワク感で満たされる。頭の中には、私にしか聞こえないショパンの柔らかなピアノの調べが流れ始めた。それにかぶせるように、英語、広東語、日本語の順で、着陸案内の機内アナウンスも流れ出した。現地時間の告知もあり、時計の針を一時間遅らせた。

「当機はチェクラップコク空港[注④]へ向けての最終着陸態勢に入りました。お締めのシートベルトを今一度ご確認ください」

そうだった！　空港が大分前に移転したのを忘れていた。あの懐かしい香港カーブのスリルはもう味わえないんだった。

附注

注①：香港のホテルの名前は英語と広東語の二種類の言語で表記される。本文中のエクセルシオールホテルとミラマーホテルの他に例を挙げると、ペニンシュラホテルは半島（ブンドウ）酒店、ホリデーインハーバービューは海景假日（ホイキンガーヤッ）酒店、シャングリラホテルは香格里拉（ヒョンガッレイラーイ）酒店、シェラトンホテルは喜來登（ヘイロイタン）酒店、等々。

注②：『アバディーン』は香港島の南西部の海に面した地区で、現地では『香港仔（ヒョンコンチャイ）』と呼ばれている。ひと昔前まで水上生活者が暮らす小舟がびっしりと浮かんでいたが、香港政庁の政策により多くの人々が陸地に定住するようになったため、今はかつての面影はない。この小説背景の一九八六年当時、『太白（タイパック）』『珍宝（ジャンボ）』『シーパレス』という三軒の巨大な水上レストランが沖合に竜宮城のような威容で営業していた。

注③：『九龍城』は一九九三年に取り壊されたが、それまでは警察の治安統制不能な無法地帯で、売春、違法薬物、賭博など、あらゆる犯罪の温床となっていた巨大なスラム街。元来清朝時代に周辺エリアの防衛の要として造られた城砦であったが、香港がイギリスの統治下に入った後は清王朝の飛び地となった。やがて清が滅ぶと、中華民国にも中華人民共和国にも属さない不管理地帯となった。中国本土に共産党政権が樹立すると、本土からの多くの難民が流入し、無秩序に増築を繰り返し、最盛期には二・六ヘクタールの面積の土地に五万人が住んでいた。

注④：『チェクラップコク（赤鱲角）空港』は啓徳空港に代わる香港の空の玄関口として一九九八年にランタオ島の沖合に開業した。空港から九龍を経由し香港島まで結ぶエアポートエクスプレスも整備されている（九龍まで二二分、香港島のセントラルまで二四分）。

ドタバタ！　バンコク添乗記

銀河航空（通称ギャル）718便のジャンボ機は定刻より三〇分ほど遅れ、二三時過ぎにバンコクのドンムアン空港を飛び立った。機内の二本の通路が機首方向に向かってせり上がり、ブルブルと機体を震わせながら上昇していく。ウィーンというフラップを引き込む音が聞こえると、機は大きく左旋回を始めた。左側の窓越しに街灯と何台もの車のヘッドライトが照らし出すまっすぐに伸びた一本のオレンジ色の光のラインが暗闇の中に浮かび上がった。このままフォローウインドに乗って飛べれば、明朝六時半頃には成田に着けるだろう。

水平飛行に移りベルト着用のサインが消えると、小豆沢潤はその場でスッと立ち上がり前方に寄り集まって陣取る三六名のツアー客の様子を窺った。あちこちからしゃべり声は聞こえるが、特に問題もなさそうなことを確認すると座席に座り直し背もたれを倒した。この日の搭乗率は七割弱だったため、今回の団体客をある程度まとめて座らせ自分のシートはその後ろにと、理想的な席取りができた。添乗員にとってツアー中は常に客への気配りを怠れないが、せめて夜間飛行の機内では解放されゆっくり休みたいものだ。

今回アテンドした『垂水沢地区婦人会タイ旅行』は、埼玉県某市の農協婦人会の懇親旅行で、小豆沢にとってちょうど節目の五〇回目の海外添乗だった。毎年この婦人会では国内と海外を交互に目的地として、会員同士の親睦を深めるための旅行を行ってきた。しかし、海外へ行くはずだった一昨年はイラク戦争が勃発したりSARSが流行したりで、北陸三県を回るコースへ変更した。また、昨年は早々と目的地をタイに決め計画を進めていたが、直前になってタイでの鳥インフルエンザ騒ぎがニュースで頻繁に取り上げられるようになり、行き先を国内の佐渡島と村上温泉を回るコースへと変えられた。よって、今回のツアーは四年ぶりの海外旅行となるため、昨年は二〇名ほどだった参加者が今年は三六名と増え、それぞれのツアーへの期待も高まっていた。

ある意味、旅行という商品は形がない。旅行中にどれだけ客を満足させ、帰ってきた後に素敵な思い出を残せるかでその評価がなされる。日程通り行程をこなすのは当たり前のことで、問題が発生しても、うまく処理できれば高評価を得たりもする。その問題の内容も多岐にわたり、オーバーブッキングによるホテルの変更、バスの故障や事故、レストランの料理がまずかったとか食材に起因する集団食中り（しょくあた）、ガイドの日本語能力不足、客の怪我や急病など、例を挙げればきりがない。今回のツアーでも次から次に問題が発生したが、その都度うまく処理できたり結果オーライでうまく乗り切れ、小豆沢は充足感に浸りながらこの四日間の出来事を振り返った。

ツアーリーダーは垂水沢地区婦人会会長の南雲涼子（なぐもりょうこ）（五九歳）、サブリーダーは経理を担当する副会長の外山佳澄（とやまかすみ）（五五歳）。南雲は竹を割ったような性格で、同婦人会メンバーからの人望も厚い。底抜けに明るく誰に対しても裏表なく接し、いつも人の輪の中心にいる。逆に外山は一見影のある静かな印象を与えるが、ここぞという時の一言は決め事の結論に大きく影響を及ぼすらしい。情より理で動くタイプの人。この両極端な二人はベストコンビで、この婦人会をよくまとめ上げている。参加予定者の中で一番の要注意人物は落合古都枝（おちあいことえ）（五一歳）で、小豆沢の所属するホープ観光サービスでは過去三件の苦情（コンプレイン）を受けているスーパークレイマーだそうだ。

気を配るべきこの三人の詳細は担当営業の安達（あだち）から出発前日にブリーフィングを受

け、今回のツアーのメンバーリスト（客全員分のフルネーム、生年月日、住所、パスポート番号等の一覧表）、ルーミングリスト（部屋割り表）、出入国カード、税関申告書などのドキュメントも受け取り、いざ出発となった。

一日目

二〇〇五年五月の第二水曜日、ツアー一行を乗せたGL―717便は定刻の一五時三〇分にバンコクのドンムアン空港に到着した。広いターミナルビル内を歩き入国審査まで来ると、どのブースにもすでに長蛇の列ができていた。小豆沢は一階下にある機内預けの荷物が出てくるターンテーブル前での再集合を団員たちに伝えると、いくつかの人の少ない列に分散して並ばせた。それでも全員が通り終えるのに三〇分以上かかってしまった。夕方にかけてのこの時間帯は各方面からのフライトの到着（アライバル）が集中しており、以前の二回のバンコク添乗の時もこんな具合に混んでいたのを思い出す。

小豆沢が入国審査を終え荷物ピックアップエリアに降りると、ほとんどの団員は荷物を取り終えて待っていた。残り数名の荷物も程なくターンテーブルに現れた。小豆沢は手荷物のクルーバッグだけだったので、団員の人数確認を終えると一行を引き連れて税関検査へ進む。いくつかの検査台ではバッグを開けられ細かく調べられている人たちもいたが、小豆沢の一団は人数も多かったのでほとんどフリーパスで抜けられ、ガイドの待つミーティングポイントに向かった。

ツアー客用の出口には《垂水沢地区婦人会タイ旅行御一行様》と書かれたステッカーを掲げた五〇歳前後の女性ガイドが待っていた。ガイドは添乗員である小豆沢に挨拶し人数確認を終えると、バス寄せエリアに一行を誘導した。寒いとさえ感じるほどエアコンがビンビンに効いていたターミナルビルを出ると、外は灼熱の世界だった。小豆沢は直ぐにジャケットを脱ぎシャツの袖を捲ったが、汗がドッと吹き出してきた。ガイドに気温を聞くと、三六度近くあるらしい。強い西陽を浴び一〇分ほど待つと、正面にベンツのエンブレムを付けた青いバスが入ってきた。旅行会社扱いのツアー客用のバス、ワゴン車、セダンカーなどは車種を問わずすべて空港からちょっと離れた広い駐車場で待機し、客が出てきた段階で呼び出すシステムになっているとのこと。

そうしないと空港敷地内のパーキングは直ぐに満杯になってしまうからだそうだ。

スーツケースなどの大きな荷物をバスの横に残し、婦人会の面々は熱気から逃れるため次々とバスに乗り込んだ。バスのドライバーとそのアシスタントの二人がバスの腹にあるバゲージコンパートメントに荷物を積み終えると、一行は空港を後にした。

ガイドはマイクを手に取ると話し始めた。

「飛行機の長旅、お疲れ様でした。私はホープ観光サービスの現地代理店、ワールドネットのガイド、宮原冬湖（みやはらとうこ）と申します。本日よりご出発までの四日間、皆様の旅のお供をさせていただきます。どうぞよろしくお願いいたします」と挨拶と自己紹介をした。

「日本の方なんですね」と前から二列目の席に座った南雲会長が直ぐに反応した。一列目のドライバーの後ろの席はガイド、通路を挟んだ反対側の一番前は添乗員用の席として使う旨、事前に了解をもらっている。タイも日本と同じで、車両は左側通行だ。

「元日本人です。タイに嫁いで二八年経ち、今はタイ国籍です。タイの名前もあるんですよ。ワッチャリン・ルンルアンサックといいます」と宮原は答えた。

その後、他の団員からも次々と「ご出身はどちらですか」、「お子さんは何人いるんですか」、「日本にはよく帰られるんですか」、「○○ですか」、「×××ですか」といった類の宮原のプライベートに関する質問が相次いだ。彼女は終始笑顔を絶やさず、それらの尋問に丁寧に答えていた。こうしたやり取りを通し、彼女は早くも団員たちと打ち解け信頼を得たようだ。同じ日本人女性でもあるからだろう。ちなみに宮原は長野県出身で息子が二人いるそうだ。

そんな宮原の身上調査の後、本来のガイドの仕事が始まった。バンコク滞在中の注意事項と今回のツアー日程の説明を順次終えると、タイの通貨の説明へと移った。

「次はタイのお金についてです。日本のお金は円ですが、タイのお金はバーツです。現物を見せますね」と言うと、宮原はハンドバッグから五枚の紙幣を取り出し掲げ見せた。

「これがタイのお札です。一番高額なお札がこの薄茶色の一〇〇〇バーツ。そして紫色の五〇〇バーツ、赤い一〇〇バーツ、青い五〇バーツ、そして最後が緑の二〇バーツです」

次いで三枚のコインを取り出した。

「コインは一〇バーツ、五バーツ、一バーツの三種類です。どれも銀色ですが、一〇バーツコインだけ真ん中部分が金色です。お札にはアラビア数字も印刷されています。でも、コインにはタイ数字の表記のみですので、見た目や大きさで覚えてください。どのお札にもコインにもメガネをかけたハンサムな男性の肖像が描かれていますね。皆さん、誰だか分かりますか」と尋ねた。

するとすぐに「タイの国王」と、バスの真ん中あたりに座った団員から声が上がった。

「はい、そうですね。プミポン・ラマ九世国王陛下です。大変国民から慕われており、現在七六歳です。メガネをかけていないとか、ヒゲをはやしていたら偽物ですから注意してくださいね」

その一言に一同爆笑する。

「このタイ通貨のバーツですが、タイ語では語尾の子音は発音せず飲み込む感じになるので、バーツの〈ツ〉の音は聞こえず『バーッ』です。バーツの下に補助通貨で、五〇サタンと二五サタンの二種類のコインがあります。一〇〇サタンで一バーツとなります。サタンといっても、悪魔ではないですよ。でも、街中のお店や市場などでしか使われていないので、多分皆さんは今回のツアー中見ることはないと思います」

宮原は封筒の束をバッグから取り出した。

「バンコク滞在中にはバーツが必要になってきます。ツアー中にご案内する大きなショッピング店では日本円もドルも通用しますが、一般のお店での買い物、ホテルの枕銭や飲み物代はバーツでないとなりません。皆様の便宜を図るため、こちらにお一人様一万円分のバーツを用意しております。もちろんホテルでも両替できます。でもホテルの本日の交換レートは一万円で三二六〇バーツですが、三二八〇バーツ入りで用意しておりますので二〇バーツお得です。ご希望の方はこれから私が回りますので、一万円ご用意の上お待ちください」

宮原が回っていくと、ほとんどの団員が両替したようだった。バスの前にもどってきた時いくつ残っているかと小豆沢が尋ねると、三つあるとのことで三万円分両替した。今回のツアーでは昼食と夕食の際の一杯目のドリンク代は会社立て替えで帰国後婦人会に請求することになっているので、相当分のバーツが必要になる。足りなくなればまたそのレートで宮原が替えてくれるとのこと。宮原はマイクのスイッチを入れ、再び話し始めた。

「封筒の中の額が正しいか確認してくださいね。一バーツは約三円ですので、三倍すると凡（およ）その日本円換算になります」

その後もタイの風俗習慣、歴史などの話を宮原は淀（よど）みなく行った。小豆沢はその名調子を聞いていて、今回は頼りがいのありそうなガイドに当たってよかったと安堵した。

市内の手前でバスは高速道路を降りると、バンコク名物の大渋滞にはまった。信号待ちとノロノロ運転の繰り返し。世界の交通渋滞のランキングがあれば、常に上位に入るほどひどいらしい。そんな中でも目に映っては通り過ぎる車外の様子をネタに宮原は話し続けた。さすがプロだと小豆沢は感心する。

バスの左隣を通り過ぎる小さな車を指差し、宮原はまた話し始めた。

「あれは〈サムロー〉という三輪車のタクシーです。〈サム〉とは数字の〈三〉、〈ロー〉とは〈車輪〉という意味です。日本でも昔走っていましたよね、覚えていますか。大村昆(おおむらこん)さんが『ミゼット、ミゼット』って言って宣伝していましたよね。四輪のタクシーはメーター制ですが、サムローは乗る前に料金を交渉しないとなりません。相場が分からないと交渉もできませんので、今回皆さんは乗られる機会はないと思います。走る時にトゥクトゥクトゥクトゥクッという音を出すので〈トゥクトゥク〉とも呼ばれています」と宮原は説明した。

ある大きな交差点でなかなかバスが動かなかった際、面白い光景に出くわした。左手にスプレーボトル、右手に水切りワイパーとタオルを持った中学生くらいの年齢の少年がバスの横に止まっている車の左前方に現れた。くたびれた白い半袖シャツに短パン姿で、ビーチサンダルを履いている。そして素早くその車のワイパーを上げるやいなや右手のスプレーボトルの液体をフロントガラスに吹きかけ、間髪入れず左手に持った水切りワイパーでかっぱぎ、仕上げはタオルでサササッと磨き終えた。今度は車の右側に回り、同じ動作で残り半分のフロントガラスを磨いた。その流れるような一連の作業に要した時間は一分とかかっていないだろう。そして少年は車の運転席のドアガラスをコンコンと叩き、自分の顔の前で両手を合わせた。するとその車の運転手はドアガラスを下ろし、しぶしぶ少年に小銭を渡していた。その一部始終を小豆沢も含めバスの左側に座っている団員全員が目撃した。いい小遣い稼ぎになるのだろうなと思っていると、ガイドの説明では元締めがいるらしく少年の稼ぎもほとんど元締めの懐（ふところ）に入るらしい。件（くだん）の少年は次の獲物を探すべく前の車にトライしたが、失敗したのか、また直ぐに別の車に向かって歩き出した。断る時は大きく手を横に振ったり、シッシッと追い払うような仕草で意思表示をしないと餌食になってしまうそうだ。洗浄液をスプレーされた後ではなかなか断りづらく遅いのだとか。

渋滞していた信号を抜け出てしばらく走ると、次の信号でまた渋滞に巻き込まれた。宮原は前方の様子を見て、またマイクのスイッチを入れた。

「バンコクの交通渋滞は日本と比べてどうですか。夕方のこの時間が一番ひどいんですよ。まだまだかかりそうなので、ここで少しタイ語の勉強をしておきましょう。今回のご旅行を機に、挨拶の言葉くらいは覚えて帰ってくださいね。日本では『おはよう』『こんにちは』『こんばんは』と、時間によって使い分けなければなりませんよね。

でもタイ語は時間に関係なく、『サワッディー』です。二四時間いつでも使える便利な挨拶の言葉ですね。はい、それでは私の後に続いて言ってみてください。『サワッディー』」

半分くらいの団員が宮原の後に続き声を発した。

「日本に『サワデー』っていう芳香剤がありますよね。その最後の音(おん)の〈デー〉をABCDの〈D(ディー)〉に換えて言ってみてください。はい、もう一度。『サワッディー』」

今度は八割くらいの団員の声が続いた。

「はい、よくできました。更に語尾に〈カー〉を付けて、『サワッディーカー』とすると、『ございます』をつけたような丁寧な言い方になります。これは女性の場合の言い方で、男性は〈カップ〉を付けて『サワッディーカップ』となります。皆さんは女性ですので、女性の丁寧形で練習しましょう。はい、じゃあまた私の後に続いて、『サワッディーカー』」

ほとんどの団員の声がバス内に響いた。

「はい、皆さん発音いいですよ。でも、『触っていいかー』じゃないですよ」

団員の一部から笑いが起こる。ややウケか。

「今度はお礼を言う時の『ありがとう』です。タイ語では『コップクン』です。水を飲む時に使う〈コップ〉の後に〈何々さん、何々君〉と人を呼ぶ時の敬称の〈君〉を付けて、『コップクン』です。女性の丁寧な言い方は、先ほどと同じように〈カー〉を付けて、『コップクンカー』となります。それではまた皆さんで言ってみましょう。『コップクンカー』」

再びほとんどの団員が宮原に続いて声を発した。

「どうですか。覚えましたか。言葉なので使わないと意味がありませんよ。こちらの滞在中に勇気を出して言ってみてください。その他にこれはタイ語で何て言うんだろうという質問があれば、気軽にお尋ねください。その都度お答えしますね」

宮原の簡単タイ語講座が終わるとバスは動きだし、大きなロータリーに差し掛かった。

「ロータリーの真ん中に剣（つるぎ）をシンボライズしたモニュメントとそれを囲む兵士の像が見えますね。あれは戦勝記念塔です。一九四〇年に起こった仏領インドシナとの国境紛争でフランス軍との戦争に勝利し、その翌年戦没者の慰霊のために建てられたものです」

ロータリーの周囲は人々で溢れかえっていた。宮原の説明ではバスの始点、終点となっているらしく、乗り換え客も多いとか。それらの人々を目当てに、食べ物を売る屋台もたくさん出ており東南アジア独特の雑踏の雰囲気を醸し出しているようだ。

戦勝記念塔から二つ目の大きな十字路を左折したところで、宮原が今回利用するホテルはこの通り沿いにあるのでまもなく到着すると説明した。

「バンコク御滞在中お泊りいただくホテルは『アマリ・ウォーターゲート・ホテル』です。ホテルの名前を聞いて、アメリカのニクソン大統領を辞任に追い込んだウォーターゲート事件を思い出す方もいるかもしれませせが、もちろん何の関係ありません。このホテルが建っている場所は『パトゥナーム』という地区です。〈パトゥ〉とはタイ語で〈門〉、〈ナーム〉は〈水〉のことで、『パトゥナーム』は〈水門〉という意味です。よって、それを英語にしてウォーターゲートなんですね」

そのアマリ・ウォーターゲート・ホテルが前に見えてきた時、バスの後方がざわつきだした。振り返って見てみると、団員の何人かが座席の上にあるエアコンの冷気吹き出し口をしきりに気にしている。小豆沢も自分の頭上の吹き出し口に手をかざすも、強い気流は感じるが全く冷たくはなかった。エアコンが故障したのだ。宮原はそれをドライバーに伝え、ドライバーもエアコンのスイッチを入れ直したりしたが、状況は全然変わらなかった。車内の温度が徐々に上がってきて不快に感じるようになった頃、バスはホテルに到着した。時計を見ると午後五時半を回っていた。

小豆沢は前回のバンコク添乗でもこのホテルを使っているので、ある程度の勝手は知っている。メインロビーは二階にあり、セダンカーやワゴン車はそのまま二階に上がれるが、大型バス利用客の出入りは一階となる。

ツアーバスが一階の入口前に横付けされると、宮原に続いて団員たちは順次ホテル内に入っていった。入口を入って直ぐのところに椅子が並べられた団体チェックインスペースがあり、団員が皆座り終えるとホテルのスタッフよりウエルカムドリンクが配られた。部屋割りはワールドネットの日本人スタッフがすでに終えているようで、鍵は前のテーブルの上に並べられていた。

ホテルの使い方の説明（カードキーの使い方、電話の使い方、朝食の場所など）をした後、鍵の受け渡しを行い、四五分後のこの場所での再集合を伝え解散した。各自部屋に上がる前に宮原は二階メインロビーにあるフロントのキャッシャーに団員を案内し、パスポートや貴重品をセーフティーボックスに預けさせた。

一方、小豆沢はチェックイン手続きをして待っていてくれたワールドネット・バンコク支店長の行田和馬（ゆきたかずま）と打ち合わせを行った。今回のツアーの日程確認の前に、バスのエアコンが故障したかもしれないことを伝え、直らないようであれば明日から別のバスに替えてもらえるようお願いした。

夕食はホテルからさほど遠くない商業ビル内にある『フラマ』という中国料理レストランで取ったが、その行き帰りのバスの中は悲惨な状況であった。やはり懸念していた通り、ホテル出発までの短時間ではエアコンを直せなかったようだ。夜になっても外気は三〇度を超えており、エアコンがないときつい。バスの中はまるでサウナ風呂のようだった。宮原はしきりに「ごめんなさいね～。明日はバスを替えますからね～」と本当にすまなそうな声で繰り返した。そんな謝罪に対し、団員たちの間に我慢してあげようという空気が自然に生まれた。しかし、クレーマーの落合だけ、「みんなよく我慢できるわね。化粧が崩れるわ」とひとり言のようにブツブツと呟いていた。

食事については北京ダックが好評だったようだ。

二日目

ツアー二日目の行程は午前中にバンコク市内の定番観光である水上マーケット、暁の寺院、王宮、エメラルド寺院などを回り、午後は郊外のローズガーデン観光に行くことになっている。最初の見どころである水上マーケットは朝市なので、モーニングコール六時半、朝食七時、ホテル出発七時半の予定である旨団員に確認済みだ。小豆沢は海外添乗の際、ツアー参加者よりもモーニングコールを常に三〇分早くしている。よってこの日は六時に起床し、客が降りてくる前に四階のコーヒーショップ『プロムナード・カフェ』で朝食を取り終えた。その後二階のメインロビーに降りると宮原がソファーに座っていたので、まずはお互い朝の挨拶を済ませる。朝食は済んだか聞かれたので、終えたばかりであることを伝え、一番気になっていることを尋ねた。

「バスのエアコンは直りましたか」

「昨夜は遅く今朝は早かったので、修理は無理だったようです。ですので、バスはチエンジしてもらいました。最新型のバスがすでに来ておりますので、ご安心を」

それを聞き小豆沢はひとまずホッとした。集合時間まで大分余裕があったので、宮原の前に座り最近のタイの観光事情について聞いてみた。

二年前のＳＡＲＳが世界中を震撼させた時は半年間外国人観光客の姿を見ることはほとんどなくなり、客足がもどり始めた頃に今度は鳥インフルエンザ騒ぎが起こりタイの観光産業は大打撃を被った。そして、その騒ぎも収まりかけると、前年一二月インドネシアのスマトラ沖地震により発生した大津波がプーケットを襲い、踏んだり蹴ったりの状況が続いているそうだ。また、時のタクシン・シナワット首相の所得隠しや不正献金問題など悪いニュースが続き、政治不信からクーデターの懸念も高まりつつあると、タイの置かれている厳しい情勢について宮原は詳しく話してくれた。旅行業が平和産業であることが彼女の話でよく分かった。

集合時間の一五分前になったので、小豆沢は宮原と共に一階のロワーロビーに下りた。団員が揃う前にバスを確認しておきたかったのだ。集合場所には一〇人ほどの団員がすでに下りて椅子に座って話をしていたので、二人は挨拶を済ませバスの待機場所へ向かった。

この日から手配されたバスは赤地に白いラインの入った派手な塗装で、遠くからでも識別できそうだ。スカーニア製の新型のハイデッカーバスで、内装も前日のバスと比べると新品感に溢れシートの座り心地もよい。もちろん、エアコンの効きもバッチリで、明後日のタイ出国まで使えるそうだ。前日の夕食のレストランへの行き帰りは我慢大会のようなひどい状態だったが、エアコンの故障でこのような新しいバスに替えてもらえたので、正に〈災い転じて福となす〉ということになったようだ。

一階ロビーにもどると、団員は二〇名以上に増えていた。予定時刻の五分前には全員揃ったので、早めにバスを呼び一階出入口に着けた。スタンバイ中にエアコンを入れ車内を充分冷やしていたので、団員からも「新しくていいバスねぇ」、「寒いくらいにエアコンが効いているわ」と好評のようだ。

バスが動き出すと宮原はマイクを取り、「昨晩はよくお休みになれましたか」と聞くと、

「寒くて夜中に起きちゃいました」との声が上がった。

「エアコンが効きすぎる場合は、風力を弱めて使うか、寝る前にスイッチを切った方がいいですね。南の熱い国に来て、風邪を引いて帰るなんておかしいですからね。タイには三つの季節があると言われています。三月から五月の半ば頃までが一番暑く、暑季と呼ばれています。ちょうど今はその暑季の終わりの頃に当たります。この三ヶ月ほどの間は一年で一番気温の上がる季節です。バンコクで三七、八度まで軽く上がりますし、明日観光するアユタヤでは四〇度くらいになります。五月末から一〇月までが雨季、一一月から二月までが乾季です。雨季といっても日本の梅雨(つゆ)とは異なり、一日一回サッと激しいスコールが三〇分くらい降るだけで、直ぐに上がってしまいます。だから急いでいる時は別ですが、タイの人はあまり傘をさしません。バケツをひっくり返したようなスコールの中では傘をさしても、はね返りも物凄くてずぶ濡れになってしまいます。ですからスコールが振り出したら、タイの人はひたすら止むまで

待つのです。止んだ後も道路が直ぐ乾いてしまうほど、暑いのは変わりません。乾季はスコールが降らなくなりますが、それでも日中は三〇度を超えてきます。この三つの季節のことを外国の人は、ホット・ホッター・ホッテストなんて言っています」

スコールが降り出すと普段もひどい交通渋滞はよりひどくなり、人々はスコールが止むまで雨宿りするしかないのだそうだ。元々時間感覚にアバウトなタイ人にとって、渋滞やスコールは普通に遅刻の理由にもなっているらしい。しかし、外国とのビジネス機会が増えるにつれ、時間厳守の大切さが少しずつではあるが理解されつつあるとのこと。最近は高架鉄道や地下鉄もでき、交通渋滞に巻き込まれることもなく移動できるようになった。そのため時間を守るタイ人も増えてきているとか。

日比谷公園の三倍強の広さを持つルンピニー公園の横を過ぎ、バスはサートン通りに入った。信号待ちで一時停車した際、バスの左下の歩道を四人の僧侶が縦一列で歩いていた。

「左側を見てください。頭を丸めオレンジ色の衣（ころも）をまとい、黒い鉢を持ち裸足で歩いている男の人が見えますね。タイのお坊さんは皆あのような格好をされています。雨季の三ヶ月を除いて、あのようなお姿で托鉢に歩かれている様子はタイのどこに行っても見ることができます。タイ国民のほとんどが敬虔な仏教徒です。でも日本と違い、タイの仏教は小乗仏教です。小乗仏教の僧侶は厳しい修行をしており、二二七の守らねばならない戒律があります。その中で最も守らねばならない五つの禁止事項が、〈殺生をしない〉、〈盗みをしない〉、〈性行為をしない〉、〈嘘をつかない〉、〈酒を飲まない〉、です。これを五戒といいます。日本のお坊さんは結婚して奥さんを持てますが、タイではお坊さんであるためには一生独身を通さねばなりません。五戒の三つ目を守るためです」

「もしもお坊さんに好きな女性ができてしまった場合はどうするんですか」とバスの中ほどに座る団員が聞いた。

「はい、とてもいい質問ですね。僧侶の身分で女性と付き合うことはできません。ですから、女性をきっぱりあきらめるか、還俗して女性と一緒になるかの二者択一でしょうね。お坊さんも男性ですので、女性を好きになるかもしれません。でも、そのような話はないとは言いませんが、ほとんど聞きませんね。お坊さんになろうという方は俗世間の一切のしがらみを断って仏門に入りますから、女性に好意を持ったりしないでしょう。そもそも女性に惚れっぽい人はお坊さんになろうとはしません。厳しい戒律を守る僧侶に対してタイ国民は敬意を持って接しているので、女性の方でも敬いこそすれ、決して好きになったりしないでしょう。それでも、数年毎に道ならぬ恋に落ちる破戒僧のスキャンダラスな話がニュースになったりします。そんな話を聞くと、お坊さんといえど人間なんだって感じたりしますね。

先ほど話した戒律の中に僧侶は女性に触れてはいけないと言いましたが、触れられてもいけないのです。ですから、寺院の観光中お坊さんに接触しないよう注意してください。衣に触れてもいけませんよ。触れてしまったら、そのお坊さんのそれまでの修行が水の泡になってしまいますからね」

宮原の説明は分かりやすく、団員のほとんどはうなずきながら聞いている。

「それとお坊さんネタでもう一つ。お坊さんは飲酒ご法度なのですが、喫煙はオーケーです。お釈迦様の時代にタバコという嗜好品がなかったからと言われています。私もお坊さんが境内の隅でおいしそうにタバコをプカプカ吹かしている様子を何度も見ています。中にはヤニで歯が真っ黒になったヘビースモーカーのお坊さんもいますよ。お酒がだめでタバコがいいなんて、なんか面白いでしょ」

道幅の広いサートン通りを走りきると、バスはタイの国土の中央を北から南に流れる大河、チャオプラヤ川に面した船着場に到着した。直ぐ横にはタークシン橋が架かっており、BTS[注①]と呼ばれる高架鉄道の起点駅があった。

宮原は下車した団員たちを川に浮かぶ細長いボートに誘導した。チャオプラヤ川は川原がない分豊富な水量を感じ、流れも緩やかなので正に大陸の川といった印象だ。全員が乗り終えると直ぐにボートは船着場を離れ、猛スピードで川面（かわも）を爆走した。かなりスピード感満点で、時折水しぶきがかかる。

宮原はボートのマイクを取り説明を始めた。ボートのエンジン音がうるさくオープンエアのため、ちょっと声が聞き取りづらい。

「この川の名前はチャオプラヤ川で、タイで二番目に長い川です。一番長い川は国際河川のメコン川で、中国の雲南省に端を発してタイとミャンマーやラオスの国境地帯を流れ、カンボジアの国土を貫き、ベトナム南部で九つの大きな川に枝分かれし南シナ海に注いでいます。その長さは四〇〇〇キロメートルを超えます。対してチャオプラヤ川は三七〇キロメートルほどです。タイ中部の都市、ナコンサワンでピン川とナーン川という二つの川が合流してチャオプラヤ川という名前になります。面白いのは、ピン川の色は青っぽく澄んでいて、ナーン川は茶褐色に濁っています。合流地点からしばらくは川の真ん中を境に二色の異なった色をキープして流れ、やがて徐々に一色になっていく様子を見ることができます。そしてアユタヤやバンコクの街中を流れシャム湾に注いでいます。今は変わったようですが、日本では以前学校でこの川の名前を『メナム川』と教えていましたね。タイ語ではこの川は『メーナーム・チャオプラヤ』と言います。〈メー〉は〈母〉、〈ナーム〉は〈水〉の意味で、〈メーナーム〉とは〈母なる水〉ということで〈川〉という意味になります。ですから、メナム川だと〈川川〉ということで、おかしいですよね」

多くの団員は宮原の説明を聞いて、「うん、確かにそうだったわねぇ」と言い合っていたので、学校でメナム川と習ったのだろう。小豆沢も自分はどうだったかと記憶をたどってみると、『メナム川（チャオプラヤ川）』と『チャオプラヤ川（メナム）』という両方の表記を地図帳で見たような気がした。

「前に迫っているのはクルンテープ橋です。〈クルンテープ〉とはバンコクのことです。バンコクは国際的な呼称で、タイの人は皆クルンテープと呼んでおり、〈天使の都〉という意味です。前の橋の真ん中部分にはトラスがないですね。あの部分は大きな船が通る時、カタカナの〈ハ〉の字状に跳ね上がるような仕掛けになっています」

ボートは宮原が話していたクルンテープ橋の下を通り過ぎると、対岸のトンブリー地区にある水門からダオカノン運河に入った。狭い運河に入っても、ボートは爆走を続ける。両側には高床式の民家が並んでいた。それぞれの民家の運河に面した部分はテラスになっているところが多く、民家の住人は腰巻一枚の姿で（男は腰、女は胸のあたりで巻いている）、子供はパンツ一丁かフルチンで生活している様子が見られる。実際にここに立ち並ぶ民家にとって、運河は上下水道の両方の役割を果している。石鹸の泡まみれの少年が運河に飛び込んで泡を流し落としたり、腰巻のおばちゃんが七輪の上に鍋を載せ料理を作ったりしている様子が見られた。数人の肌の浅黒い子供たちがテラスで足をバタつかせ、通り過ぎるボートの観光客に手を振っている。そんな子供たちに出くわすと、婦人会の団員たちも手を振り返していた。

二〇分ほど細い運河を走ると、ちょっと広めの運河に出た。ツアー客を乗せたボートは船着場を出発してから初めてスピードを緩めた。そこには数艘（そう）の物売りの細長いボートが浮かんでいた。果物売りや帽子売り、ボートの上で調理するラーメン売りまでいる。日本では見られない光景なので珍しい。宮原はボートを止めさせ、短いコロッとしたバナナと赤くて丸い毛むくじゃらの果物らしきものを物売りボートからたくさん買い込んだ。

「この短いバナナは『モンキーバナナ』、この赤い方は『ランプータン』というタイの果物です。これから回しますので、一つずつお取りになって味見してみてください」と言うや、大きなビニール袋に入った二種類の果物を前から後ろに回した。小豆沢も食してみた。モンキーバナナは皮が薄く、中身は甘くて美味しい。ランプータンは真ん中に種があったが、半透明な果肉はジューシーで清々しい甘味もあり日本人の口にも合うようだ。

団員たちがタイの果物を試食していると、前方から三〇センチくらいの緑色で楕円球状のものをたくさん積んだボートが近づいてきた。スイカ大の大きさだが、ちょっといびつで表面すべてが鋭角的なゴツゴツのでっぱりで覆われている。すれ違いざま、ものすごい異臭を感じた。

「皆さん、あれは何だか分かりますか」と宮原がすかさず団員に尋ねた。

「ドリアン」と数名が答えた。

「そうです。フルーツの王様と言われるドリアンですね。ちょうど今が旬なんですよ。タイでは女房を質に入れてでも食べろと言われるほど、その美味しさにハマる人が多いです。私も最初はあの独特な臭い（におい）がダメで敬遠していましたが、今は大好きです。ドとにかく臭いがすごいので、ホテルや飛行機内への持ち込みは禁止されています。ドリアンを食べる時絶対に守らねばならないことがあります。食べ合わせの問題で、ドリアンを食べながらお酒を飲むと死んでしまうという都市伝説があります。科学的な証明はされていませんが、ドリアンに含まれる成分とアルコールが反応しガスが発生するため、お腹がすごく張るからとか色々な説があるようです。バンコクの北西にあるノンタブリー県がドリアンの名産地で、そこで取れる『モントーン』という種類が一番美味しいと言われています」

目にした物売りボートの数は一〇艘に満たなかった。近年バンコクの水上マーケットの活気は衰える一方で、観光用に残しているようなものだとか。本来の生活感あふれる盛況な水上マーケットを見たいのであれば、ラップリー県のダムヌンサドゥアクにある水上マーケットへ行かねばならない。バンコクの西、車で片道二時間ほどのところらしい。

ボートはトイレ休憩のため運河沿いにある観光客用の土産物屋の前の船着場に止まり、一五分ほど団員たちはボートを下りた。彼女たちを迎えたのは船着場の柱にロープでつながれた赤ちゃん象だった。すごくおとなしく、尻尾（しっぽ）に赤いリボンを結んでいるので女の子だろうか。カメラを持った団員は代わる代わる象と一緒に記念写真を撮り、撮影後はお手洗いに向かう人たちと急いで買い物をする人たちの二手に分かれた。

運河をはさんで土産物屋の対岸に『ワット・サイ水上マーケット』と日本語で書かれた看板が目に入った。〈ワット〉とはタイ語で寺を意味する言葉だが、サイ寺院という名前の寺が近くにあることから、この水上マーケットの名前になっているらしい。

団員たちが再集合すると、エンジン音高らかにボートは再出発した。

　運河を抜け再びチャオプラヤ川に出て上流方向に少し遡(さかのぼ)ると、左手に大きな四角錐の仏塔が現れた。その周りには中央の仏塔を小さくしたような塔が四基立っている。ボートから見るその光景はなかなか圧巻だ。宮原はこれがトンブリー王朝の最も格式ある王室守護寺院とされていた『ワット・アルン』であると説明した。インドの暁の神アルーナの名を持つことから、日本語で『暁の寺院』と呼ばれ、三島由紀夫の小説『暁の寺』の舞台としても知られる。一九世紀前半、ラマ二世と三世によって造られた高さ七五メートルの大仏塔は階段で途中まで上れるようになっており、チャオプラヤ河の流れとバンコクの街並みを一望することができる。朝の光に輝くその様は神々しいが、夜はスポットライトが当てられ幻想的な姿になるという。

　暁の寺院の直ぐ前の船着場で降りると、大仏塔をバックに集合写真を撮った。宮原が塔の下で暁の寺院とトンブリー王朝の説明を終えると、一五分の自由行動の時間を取った。トンブリー王朝はアユタヤ王朝の後、短命の[注②]一代一五年で終わったという。自由時間の間、三分の一くらいの団員が塔の中ほどまで上った。女性だけでは危ないと思い小豆沢も後に続いたが、男でも怖いと思うくらい階段は急だ。塔の外面は陶器の破片で覆われキラキラと日光を反射しとてもきらびやかに見えた。

塔の中ほどからの眺めは素晴らしかった。真下を見るとちょっと怖いが、チャオプラヤ川越しにこれから行く王宮とエメラルド寺院の緑色とオレンジ色の屋根瓦が見られた。時間の関係でゆっくりもしていられなかったので、団員を促しゆっくりと注意しながら上ってきた階段を下った。

再度ボートに乗り込み対岸に渡ると、王宮までそれほど遠くはないので徒歩で向かった。王宮への入場前にエメラルド寺院の三基の仏塔をバックに集合写真の撮影を行った。エメラルド寺院は王室の守護寺で、王宮に隣接している。この二ヶ所はセットで観光するが、バンコクで一番の人気スポットのため色々な国籍の観光客で賑わっていた。随所に黒ズボンに白い上着の制服を着て白い丸っこい帽子をかぶった警備兵が銃を持って立っており、特別な場所であることが窺われた。

宮原の説明によると、一七八二年現チャクリー王朝のラマ一世がバンコクに遷都した時に建設され、ラマ八世までの歴代の王様が住まわれた場所とのこと（ラマ九世プミポン国王は大理石寺院の近くのチットラダー宮殿に居を移された)。王宮は主に四つの建物からなっている。即ち、チャオプラヤ川寄りから見てドュシット宮殿(戴冠式が行われる)、チャクリー宮殿(ラマ八世の時代まで王室の正宮殿であった)、アマリン・ヴィニチャイ・ホール(王室の特別儀式の場として使われる)、そして非公開のボロムビマン宮殿(有名なミュージカル『王様と私』の舞台となったところで、現在では迎賓館として使われている)。先の三つの建物は間近でみることができるが、特に中央のチャクリー宮殿は泰洋折衷の堂々たる白亜の宮殿だ。一階から三階までの建物部分は大理石を用いたビクトリア様式、屋根部分はタイ様式で、その二つが見事なまでに調和している。

エメラルド寺院はタイ語で『ワット・プラケオ』という。タイ国最高の格式を誇る王室の菩提寺で、本堂に安置されているヒスイの一種でできた六〇センチほどの仏像がエメラルド色であることから『エメラルド寺院』と呼ばれる。バンコクが首都となった一七八二年に建立され、歴代の王たちが手を加えているので様々な建築様式が混在している。日本の感覚だと寺院は古びて落ち着いた感じがよしとされるが、タイでは近隣諸国との戦争が絶えなかったため、寺院などはそれが存在する間は一番美しい状態にしておこうとする。そのためタイのお寺はどこもそうなのだが、特にこの寺院は金、銀、極彩色で彩られ、そのきらびやかさには圧倒される。境内を囲む回廊に描かれたラマキエン物語[注③]、ビルマ、カンボジア、タイの三様式の塔、要所要所に配されたヤック像（日本の仁王に当たる）やキンナリー像（半人半鳥の伝説上の生物）等、思わずカメラを構えてしまうようなポイントがそこかしこにある。

宮原がしてくれた話が面白く心に残った。最近はタイ人も観光で海外旅行に行く機会が増え、日本も旅行先として大人気らしい。しかし、きらびやかなお寺に慣れているタイ人にとっては、日本のお寺は薄汚く映るらしい。何でこんなみすぼらしいところに連れてくるのかと思うらしく、日光東照宮の陽明門あたりを見てようやく満足する人もいるとか。侘び寂びが分からないと言ってしまえばそれまでだが、物の考え方、文化の違いなのでどうしようもない。

エメラルド寺院の観光後昼食を取った。場所はソルツインタワーというスペイン系のホテルの一階にあるレストランで、インターナショナル・ブッフェの食事だった。

客のほとんどがバスで乗り付けるツーリストのようだった。食後、五階建ての土産物店でのショッピングに寄り、午後観光の目的地のローズガーデンに向かった。

バラ園という名前だが、バラを見に行くわけではない。そこはバンコクの西郊外、バスで一時間くらいのところにある広大なテーマパークで、見どころはタイの民族舞踊ショーだ。その開始時刻に合わせていたので、到着後大きな会場に入ると直ぐにショーは始まった。カラフルな衣装を着た娘たちによる民族舞踊やバンブーダンス、タイ式ボクシングや剣闘のデモンストレーション、闘鶏、タイの結婚式など、内容も充実し見応えがあった。一時間ほどの屋内ショーに続き、会場横のオープンスペースで象のショーがあった。タイ北部の森林では切り出した木材を象に運ばせているが、その労働風景を再現したものだ。大小の象たちが鼻で前を歩く象の尻尾を掴みつながって入場してくる様子は微笑ましい。そんな屋内外のショーを見た直後、一行はバスに乗り込みバンコクのホテルへもどった。夕方五時半頃ホテル到着。二日目はここまで夕食を残して、行程表通り問題なくこなしていた。

夕食の集合、出発時間の七時になっても団員の一人の栢森美沙（三九歳）が下りてこなかった。相部屋の勝俣選子（四〇際）によると夕方観光から帰った時、ちょっと体がだるいので休むと言って横になったのだそうだ。喉がヒリヒリと痛むそうで、夕食はキャンセルしたいとのこと。小豆沢は確認のため、ロビーからインハウスフォンで栢森の部屋に電話してみた。

「お体の調子がよくないと聞きましたが、どんな具合でしょうか」

「からだ全体が熱っぽく重ったるく感じ、喉がすごく痛いです。明日からの観光にも参加したいので、体調を整えるため今日の夕食は辞退させてください」

「それでは何かルームサービスでも頼みましょうか」

「ありがとうございます。でも、あまり食欲もないので大丈夫です」

「分かりました。夕食からもどりましたら、また連絡させていただきます」

「ご迷惑をおかけし申し訳ありません」

「迷惑だなんてとんでもないです。それではお大事に」

事情が分かったので、小豆沢もバスに乗り込み出発した。この日の夕食は『スワナホン』というレストランで、タイ料理の食事をした後タイ古典舞踊を鑑賞するところだ。夕方の交通渋滞にも巻き込まれたが、ホテルからさほど遠くないので二〇分ほどで到着した。

そこは海外からの観光客用のシアターレストランで、過去二回の添乗でも来ている。タイ風の建物の一階で靴を預け、木製の下足札をもらって二階に上がった。レストラン内は奥のステージに対し垂直に向かい合わせで座る長いテーブル席が配されていた。座席は掘り炬燵式で、長時間座っていても楽な造りになっている。以前の添乗でもそうだったが、今回も食事自体は不評だった。メニューはタイのカレーをメインにサイドディッシュを添え、一人ひとりの分が盛られたセットメニューだ。そのメインのカレーにはココナッツミルクが入っており、どうもそれが日本人の口には合わないようだ。

客が食事を終えた八時半頃からステージ上で古典舞踊のショーが始まった。緩やかで独特な音楽の演奏に合わせ、華やかな昔風の衣装を身にまとった踊り子たちがしなやかに身をくねらせ踊る様には芸術性を感じる。指の先から足の先まで神経を集中し繊細に動かす。特に掌を逆に反らせるのは常人には不可能で、骨が柔らかい小さな頃から訓練を積まないとできないらしい。

どの演目も同じようなスローな音楽に合わせたゆっくりとした踊りなので、興味のない人には眠くなってくるが、間に入る火花を散らせるタイのチャンバラは迫力がありいいアクセントになっていた。最終演目はタイ人であれば誰でも知っているラマキエン物語のハイライト。ラーマ王子が猿神ハヌマーンの助けを借りて、悪魔トッサカーンと戦いシータ姫を救い出すという場面を演舞化したものだ。日本の歌舞伎だと勧進帳といったところか。

ショーが終わるとレストラン客は一斉に一ヶ所の出口に向かったのですごい混みようだった。南雲会長からすいたら出ましょうと声がかかったので、急がず混雑が収まってからレストランを後にした。

ホテルにもどると小豆沢は宮原を連れ勝俣と一緒に栢森の様子を見に上がった。女性の部屋なので、まずは勝俣と宮原の二人に入って様子を見てもらった。栢森は他の団員が夕食を取っている間、ずっとベッドに横になって休んでいたそうだ。宮原によると、相当熱があるようなので体温計を持っているか聞かれた。もちろん急病人用の薬や体温計は添乗員の必携品なので、小豆沢は急いで自分の部屋に取りに行った。

体温計の入った緊急用品セットを持って栢森の部屋にもどり熱を測ると、なんと三九・八度の高熱であった。本人もすごく悪寒がするとのことで、エアコンを送風だけにした。本人にも確認の上、フロントに連絡し大至急ドクターの往診を頼み、氷枕も部屋に持ってきてもらえるよう頼んだ。小豆沢の緊急用品セットの中にも冷却シートがあったので、直ぐに勝俣に渡し貼ってもらった。解熱鎮痛剤もあったが、往診を頼んだのでドクターの到着を待つことにして、宮原にもう少し残ってもらえるよう頼んだ。栢森はしきりに喉の痛みを訴えていたので、一時しのぎかもしれないがのど飴をなめさせた。

一五分ほどで五〇歳前後の男性ドクターが到着した。宮原がタイ語で症状の説明を終えると、ドクターは持参のバッグから体温計を取り出し体温を測り聴診器をあてた後、口を開けさせ喉の様子を見て首回りを触診した。時間にして三分とかかっていないが、扁桃腺炎(Tonsillitis)(トンスィライティス)との診断を下した。扁桃腺がひどく腫れており、高熱はそれが原因だとのこと。扁桃腺炎の既往歴を栢森に尋ねたが、初めてのことらしい。ドクターは抗炎症薬と解熱薬を二日分出し、帰国後の保険処理のため英文の診断書を書いた。これで五八〇〇バーツ請求された。大分高い気もするが、ホテルで医者を呼ぶとこんなものらしい。立て替えになるが、海外旅行保険に加入しているので、診断書と領収書をもらっておけば帰国後全額払い戻しされると小豆沢は栢森に説明した。栢森には相当額のバーツの持ち合わせがなかったので宮原に支払いを頼み、ドクターが帰った後二万円渡していた。栢森が薬を飲んだのを見届けると、明日の朝までの回復を願っていることを伝え、小豆沢は宮原と一緒に栢森の部屋を出た。

自室に戻ったのは一一時を回った頃だった。終日観光だったうえ夕食からの帰りも遅く、おまけに栢森の急病のケアが重なり、身体の疲労度はかなり高かった。直ぐにバスタブに熱いお湯を張り、ゆっくりと時間をかけ入浴した。風呂から上がるとそのまま床に就いたが、何故かなかなか寝付けなかった。テレビのチャンネルをＮＨＫの国際放送に合わせると、二週間前に起きた福知山線脱線事故の特集番組をやっていたのでつい最後まで見てしまった。その後も目が冴えていたので、本でも読んでいれば眠くなるだろうと思ったが全然ダメだった。時計を見ると、一時五分前だった。そろそろ寝ないと明日の仕事に影響すると思い、酒の力を借りることにした。冷蔵庫からシンハービールを一缶取り出し、一気にあおって横になった。再度テレビをつけザッピングしていると、タイのミュージックビデオを流しているチャンネルがあったのでボリュームを低くしてつけっぱなしにした。歌詞の意味が分からないので聞き入ることもなく、ちょうどいいＢＧＭとなり眠りに誘い込んでくれた。

三日目

六時一五分にモーニングコールが鳴って目が覚めた。この日の団員の予定は七時モーニングコール、七時半朝食、八時出発。前日より三〇分遅めの出発なので、団員との起床の時間差を四五分取った。小豆沢はシャワーを浴び身繕いを終えると、朝食を食べに四階のコーヒーショップに下りた。昨日よりも混んでいる様子で、欧米系の人が多く目に付いた。窓側の席は埋まってしまっていたので、あまり歩かなくても済むブッフェライン近くの二人掛けの小さなテーブルに座った。ツアーメンバーの中には早起きの人もいるが、今日も一日中一緒にいなければならないので、せめて朝食くらいは一人でゆっくり食べたい。以前の添乗で六人掛けのテーブルに一人で座って朝食を食べていると、後から下りてきた団員に同席され、あれこれとウエイター代わりにこき使われた経験がある。なんでもツアー客の言う通りにするのがいい添乗員であるわけではないが、客の要望になかなかノーとは言いにくいのが現実だ。それ故、そうならないよう防衛策を取るようにした。それがモーニングコールを早めたり、小さなテーブルに座ったりすることなのだが……。

このホテルの朝食ブッフェは結構充実しており、高級ホテルらしく卵料理をその場で料理人が作ってくれるのがいい。欧米人は目玉焼き一つにしても、黄身の硬さ、片面焼きか両面焼きかといった具合に拘りがあるので、そのための対応であろう。昨日作ってもらったチーズとベーコンのオムレツはふんわりとしていて格別に美味しかった。今日のオムレツの具は何にしようかと考えながら下りてきたが、卵の料理人の前には長い列ができていた。今朝の卵料理はブッフェの出来合いの物になりそうだ。

まずはカンタロープ（ハニーデューメロン）のフレッシュジュースを飲み、ヨーグルトを食べた。メインはブッフェラインから目玉焼きにハムとソーセージ、別皿にデニッシュペストリーを三種取り卓上に置いた。タイ式のお粥もフライドガーリックのいい香りを発していて食欲をそそった。明日は昼間自由行動なので、遅めに下りてお粥にしよう。デニッシュは焼き立てなのだろう。バターの風味がすごく効いていて、しっとりとした食感ですごく美味しかった。二つの皿に取り過ぎたかもと思ったが、コーヒーを飲みながらゆっくりと平らげた。締めはフルーツで、パイナップル、パパイヤ、スイカを二切れずつ取った。この三つのフルーツはタイでは一年中食べることができる。特にパパイヤは日本で出回っている物よりも果肉が赤っぽく、マナオというタイのライムを絞って食べると美味しさが増し小豆沢は気に入っている。

フルーツを盛った皿を持ちテーブルに載せ、席に着こうかという時に栢森と勝俣の二人が入ってくるのが見えた。まだ七時を一〇分過ぎたくらいなので、モーニングコールの前に起きていたのだろう。こっちを見て気づいた様子だったので会釈（えしゃく）すると、二人は小豆沢のテーブルに近づいてきた。

「おはようございます」と小豆沢は再度頭を下げ挨拶した。

「おはようございます。昨晩はどうもありがとうございました」

「お身体の具合はもうよろしいのですか」

「はい。薬がよく効いたのか、もう大丈夫みたいです。あっ、そうでした。お借りしていた体温計、お返ししなければ。大変助かりました」と言って、栢森は体温計をハンドポーチから取り出し小豆沢に渡した。

「それにしても、今日はお早いですね。もう少しお休みになっていてもよかったのに」

「昨晩夕食を食べなかったので、お腹がすいてしまって」

「熱も下がり食欲ももどれば、もう心配ないですね」

「そうですね。今日もよろしくお願いしますね」

そう言うと、栢森は勝俣と一緒に頭を下げた。

「はい。それではまた後ほど」と小豆沢も礼を返した。

二人は窓に近い右奥の明るい席に着いた。小豆沢はフルーツを食べ終わると、まだ時間に余裕があったので、コーヒーをお代わりした。三杯目だ。そして、読みかけの石田衣良の単行本を開き読み始めた。大好きな『池袋ウエストゲートパーク』シリーズの五作目だ。今回のツアー中に読破しようと持ってきたものだが、一昨日、昨日とあまり読んでいる時間がなかった。明日の自由行動中に一気に読み進めよう。

一〇分ほどすると、他の団員たちも朝食を食べにパラパラと下りてき始めた。小豆沢はそろそろ仕事開始かと思い、本を閉じて席を立った。四階のコーヒーショップから二階のメインロビーまで、この日はエスカレーターで下りてみた。三階には大小宴会場があるようだった。二階から五階まで吹き抜けになっているロビーの中央に大きな木が植えられているが、これはイミテーションらしい。下りていく途中、その木の根元の近くの椅子に座り新聞を読んでいる宮原の姿が目に入った。

ロビーに下りると宮原のそばに行き、「今日もお早いですね」と小豆沢は声をかけた。

「おはようございます。ガイドをしている時はお客様のモーニングコールの時間に合わせて、出発の一時間前には来るようにしています」と、新聞をたたみながら宮原は言った。宮原が読んでいたのはバンコクで印刷している読売新聞の東南アジア版のようだった。

「そんなに早く来ているんですか」

「やっぱりバスが来ているかどうかが一番心配ですよね。こちらのドライバーはかなり早めに来て、バスの中で寝ている人が多いですけど、出発間際に来てもしバスが来ていなかったりすると、お客様や添乗員さんに迷惑をかけるじゃないですか。だから、お客様の出発時刻の一時間前には着いて、まずバスが来ているかどうか確認します。添乗員さんの仕事もそうだと思いますが、ガイドの仕事も問題がないよう先に先にと確認することが大事なんです」

「確かにそうですね。あっ、そうそう、コーヒーショップで栢森さんに会いました。熱も下がり、回復されたようです」

「それはよかったですね」

「宮原さんのご自宅は遠いんですか」

「バンコクの東郊外のラートクラバンというところで、車で一時間くらいかしら」

「じゃあ、昨日の帰宅は一二時過ぎですか」

「夜は道がすいているので、一二時前には着けました。来年スワンナプーム空港という新しい空港ができるんですけど、私の家はその近くなんです。今のドンムアン空港と比べるとちょっと市内から遠くなるけど、すごく広くターミナルビルも大きいですよ」

宮原は更にこの新空港の名前の由来を説明してくれた。空港建設計画がスタートした頃からこの辺りの地名である『ノングーハオ空港』として知られていたが、開港を前に『スワンナプーム空港』と名前を変えたそうだ。〈ノングーハオ〉とは〈コブラの棲息する湿地帯〉という意味で、アジアを代表する大空港の名前としては相応しくない。そこでプミポン国王がパーリ語で〈黄金の土地〉という意味を持つ〈スワンナプーム〉と命名した。

ドンムアン空港は元々タイ空軍の飛行場で、空軍から滑走路を借りその脇にタイ空港公団がターミナルビルを建て旅客・貨物空港として運営してきた。しかし、諸外国からの乗り入れ便の急増により飽和状態となりつつあり、早急にドンムアン空港よりも大きな空港が必要になった。新空港の敷地面積は成田空港の三倍の規模らしい。

　そんな話を聞いているうちに出発予定の一五分前になったので、宮原と一緒にロワーロビーに下りた。すでに一〇人ほど集まっていた。その中に栢森がいたので、宮原は彼女に今の様子を聞いているようだった。その後次々と団員は集まり、五分前には二名を除き揃った。副会長の外山が点呼を取ると、来ていないのは茜沢礼奈と椎名愛弓であることが分かった。二人とも三二歳で今回のツアーメンバーの中では一番若い。外山がその場にいた全団員に朝食会場で二人を見かけたか聞くと、今朝はまだ誰もこの二人を見かけていないことが分かった。団員たちは一人を除き心配そうな様子を見せていたが、落合だけ「もう、なにやってるのかしら？　本当にしょうがない人たちね」と小声で文句を言っている。

　小豆沢は急いで四階のコーヒーショップを見回りに行ったが見当たらず、宮原はインハウスフォンで部屋につないでもらうも応答はなかった。出発予定時刻の八時を過ぎていたが、三四名の団員にはしばし待ってもらうことにした。小豆沢は宮原と共にフロントオフィスマネージャーに事情を説明し、一緒に二人が使用している客室の確認を頼んだ。マスターキーで部屋のドアを開けてもらい中に入ったが、二人の姿はないばかりではなく、ベッドを使用した形跡もなく昨夜から外出している様子であることも分かった。

どこに出かけたのだろうか。何か事件にでも巻き込まれたのだろうか。とりあえずは今日のアユタヤ観光は宮原に任せるとして、自分はホテルに残り二人の帰りを待った方がよいだろう。もどらない場合は警察に捜索願を出さねばならないかも。とにかく二人の無事を願うばかりなのだが、団員にはなんと説明すればいいんだろう。小豆沢の頭の中はグルグルとやらなければならないことが渦巻き、パニック寸前の状態だった。

あれこれ考えていてもどんどん時間が過ぎるだけで埒（らち）が明かないので、宮原と話し合い彼女が三四名を連れ観光へ、ホテルには小豆沢が残り二人を待つことにした。宮原もそれがベストだろうと同意してくれた。二人がもどってきたら宮原の携帯電話に連絡し、小豆沢が二人を連れ宮原の指示する場所へホテルのハイヤーカーで向かい一行に合流することも決めた。他の団員に対して二人の不在理由をどうするかだが、下手な嘘をつくよりも、分からないで通すことにした。色々と詮索されるかもしれないが致し方ない。予定出発時刻を一五分ほど過ぎてしまったので、小豆沢と宮原は急いでロワーロビーに向かった。

団員のところにもどってみると、今までドタバタ走り回って捜していた茜沢と椎名の姿があった。宮原がバスを呼びに行っている間に小豆沢は二人に聞いてみた。

「どちらに行かれてていたんですか」

「朝散歩に出かけたら帰り道が分からなくなってしまいまして」と椎名は答えた。

「集合時間になってもいらっしゃらないんで、宮原さんと一緒に捜していたんですよ」

「すいません。ご迷惑をおかけしました」と椎名は謝罪するも、あっけらかんとした表情からは謝っている気持ちが伝わってこない。

「時間が押しているので、このまま出発になりますがよろしいですね」

「はい。かまいません」

その間ずっと茜沢はうつむいていた。小豆沢は拍子抜け感を覚えたが、大事には至っていないのでひとまずよしとすることにした。二人が外泊したのを知ってしまったが、何も話してくれないのならこちらから聞くこともできない。そのことを切り出すのなら、部屋を確認させてもらったことを話さねばならないだろう。あの場面では緊急事態と判断したので、部屋をのぞかせてもらったのだが……。バスが出入口の向こうに来たのが見えたので、小豆沢は速やかに団員をバスに誘導し乗せ込んだ。

　全員乗り終えると、バスは直ぐに発車した。小豆沢は宮原に今聞いた椎名の集合に遅れた理由と、他の団員の手前外泊の件は不問に付していることを伝えておいた。バスはしばらく走ると高速道路に乗り、遅れを取りもどすべく快調に飛ばした。宮原はタイの歴史の中でアユタヤがどんな時代だったか、マイクを通し説明した。

「〈タイ〉という国名は中国の古い言葉で〈自由〉という意味だそうです。タイ人の先祖は中国の雲南省に暮らしていたタイ族だそうで、大昔に南下しこの地に移り住んだと言われています。初めてこの国を統一したのはスコータイ王朝で、一三世紀半ばから約二〇〇年間続きました。そして、二番目がアユタヤ王朝で、本日観光するのはその王朝の遺跡群です。アユタヤ王朝は一四世紀半ばから一八世紀半ば過ぎまで四〇

○年ちょっと続きました。スコータイ時代は大きな戦争もなく、『水に魚あり、田に米あり』と謳われた平和な時代でしたが、アユタヤ時代は隣国のビルマとの戦争が絶えませんでした。大きな戦争だけでも十数回あり、何度もビルマに攻め込まれ属国にされたのです。その頃はビルマの方が国力があり強かったんですね。タイがビルマに攻め込んだのは二回しかありませんでした」

バスは順調に走りホテルを出発した約一時間後、アユタヤの手前二○キロほどにあるバンパイン離宮に到着した。ここはアユタヤ観光の前に立ち寄る観光スポットで、アユタヤ王朝二七代目のプラサート・トーン王の治世時に造られ、その後の歴代王も別荘として利用した。しかし、ビルマの侵攻を受けて、度々廃虚同然の状態になった。現王朝のラマ四世モンクット王はこの故宮を再興し、再び王室の夏の離宮として利用するようになる。その後も、何度か増築、改築が行われ、美しい景観を保ちながら現在に至っている。園内の池に浮かぶタイ風のパビリオンは実に美しい。その他にも中国様式やヨーロッパ様式を取り入れられた建物が点在している。

園内はとても広いので、個人観光客でカートを利用している人もいた。宮原は効率よく有名なパビリオンの一つ一つに解説を加えながら案内した。小豆沢は終始一行の最後尾から団員たちの様子を窺っていたが、茜沢の表情が冴えないのが気になった。炎天下を五〇分ほど一回り歩いた体には、エアコンの効いたバスはまるで天国のように気持ちよかった。

バンパイン離宮を出発してしばらく走ると、アユタヤに向かう国道の両側はどこを見ても緑濃い水田が続いていた。宮原はマイクを取り話し出す。

「アユタヤはチャオプラヤ川にできた中洲でその周辺はタイでも有数の穀倉地帯です。もうその水田が両側に広がって見られますね。日本の南の方では、お米を年に二回収穫する二期作をされているところがありますね。でもこの辺りでは三期作が可能なんですよ。

見てください。気持ちいいくらいどこまでも水田が続いています。四方八方どこにも山は見えませんね。北部や東北地方へ行けば山がありますが、タイの最高峰でも二〇〇〇メートルありません。タイの中央部はこんな感じで、どこもまっ平らです。だからタイランドって言われるんですよ」

一同大爆笑。宮原の時折ジョークを交えて話すガイディングはすでに団員たちの心を掴んでいるようだ。

「バンコクの北八〇キロに位置するアユタヤは一五世紀から一六世紀にかけて最盛期を迎え、東南アジア最大の都市となりました。国際貿易都市としても栄え、オランダ、ポルトガル、フランス、イギリス、中国、日本などの商人が集まりました。そして、それぞれの国の人たちは都市の回りに租界を形成し定住するようになったのです。日本人町もそんな租界の一つで、その当時一〇〇〇人から一五〇〇人くらいの日本人が暮らしていたと言われています。これからその日本人町があったとされる場所に向かいます。

日本では関が原の戦いがあり、主君をなくした浪人がかなりの数東南アジアに流れたそうです。そんな日本から来た浪人たちは、アユタヤ王朝の傭兵として雇われたと言われています。その時代に活躍した有名な日本人がいますが、皆さんご存知ですか」

宮原が団員に問いかけると、数名から「山田長政」と声が上がった。

「皆さん勉強されてきましたね。山田長政は今の静岡県辺りの生まれとされていますが、謎の多い人物です。朱印船に乗ってアユタヤに渡ってきたようで、アユタヤ日本人町の傭兵隊に加わりました。そして二度のスペイン艦隊の侵攻からアユタヤを守った功績により、時のソンタム王の信任を得て高官に任ぜられました。その後王位継承争いに巻き込まれ、タイ南部のリゴール国王として体よくアユタヤから追い出されその地で没しました。毒殺されたとの説もあります。長政亡き後、日本人町は焼き討ちにあい、また日本の鎖国令により新たな住民も増えず衰退していったそうです。以前は草深い野原に〈アユチヤ日本人町の跡〉と刻まれた石碑が立つだけでしたが、現在は歴史公園として整備され、敷地内に歴史資料館も建てられました。はい、まもなくアユタヤ時代の日本人町跡に到着します」

バスを降り公園敷地内に入って直ぐのところに、先ほど宮原がバスの中で話していた石碑があった。その前で宮原が再度説明した後、一〇分の自由行動とした。団員たちは石碑をバックに写真を撮ったり、脇を流れるチャオプラヤ川を眺めに行ったりしていた。小豆沢は宮原に茜沢の表情がどことなく暗いのが気になっていることを伝えておいた。

日本人町跡の次はワット・ヤイチャイ・モンコルというアユタヤ市街手前にある大きな寺院を訪れた。アユタヤを建国したウートン王が一三五七年にセイロンで修行した僧侶たちのために建立した名刹だ。境内中央にある七二メートルの円錐型の大パゴダは一五九二年にナレスワン王がビルマとの戦争に勝利した記念に建てたもの。パゴダを取り囲むようにたくさんの仏像が配されている。一九八五年に公開された中井貴一主演映画『ビルマの竪琴』のロケ地でもある。

ここまでが午前中の観光だった。アユタヤは宮原が言っていたように炎天下の気温は確かに高く暑く感じたが、木陰や直射日光が届かないところに入るとそれほどではなかった。湿度が高くなくじめじめしていないからだろう。一行はチャオプラヤ川の支流、パーサック川に面した『ペークンカオ』という名前のオープンエアの大きなレストランに着いた。メニューはトムヤムクン、カニのカレーパウダー炒め、魚肉すり身揚げなどの本格的タイ料理七品に、くり抜いたパイナップルに詰めた炒飯とミックスフルーツを加えた全九品。タイ料理にハマっている南雲会長のリクエストにより手配したデラックスメニューで大好評だったようだ。タイ料理の特徴は辛いものはメチャクチャ辛く、甘いものはメチャクチャ甘く、味がとにかく濃いのだ。これは気候に起因しているためだ。日本料理が全般的に繊細で薄味なのに対し、タイ料理が濃い味なのは、そうでないとこの暑い気候の中では食欲が湧かないからだと言われている。

昼食後に向かったのはアユタヤのランドマークとして知られるワット・プラ・スリ・サムペット。セイロン様式の白い三基のパゴダが残る遺跡。一四九一年に建立された王室の守護寺で最も重要且つ最大規模を誇る僧院であったとされ、発掘調査では今は空き地となっている北隣りに当時の王宮があったと言われている。一五〇〇年ラマティボディ二世により総量一七一キロもの黄金で覆われた高さ一六メートルの仏陀立像が造られたが、一七六七年のビルマ軍によるアユタヤ陥落の時、僧院も仏像も破壊の限りを尽くされ、今に残るのはアユタヤ王朝の三人の王の遺骨を納めた三基のパゴダのみ。夜はスポットライトで照らされ、その光景はとても幻想的。

ワット・プラ・スリ・サムペット観光後、その直ぐ横にあるヴィハーン・プラ・モンコン・ボピットへ。一九五一年に再建された白壁に赤い屋根の大きなお堂の中に、ブロンズ像としてはタイ最大の一七メートル（台座の高さ含む）の仏陀坐像が安置されている。以前は真っ黒なお姿であったが、現在は金箔で覆われている。

次は象乗りができるエレファントキャンプを訪れた。日本ではできない体験なので、今や大人気スポットになっている。象に乗る前にバケツに入った野菜を買って、自分で直接象に餌付けすることもできる。野菜を象に見せると、長い鼻を伸ばしてきて鼻先で野菜を掴んで、クルッと鼻を丸め口に運んでいく。団員たちもキャッキャ言いながら餌付けし、その様子を写真に撮っていた。その後希望者は象乗り体験をする時間を取ったが、四人を残しほとんどが乗り場前で列を作った。象乗り用の象は何十頭もいるのでさほど待つこともなく順番は回ってくる。象の頭に象使いが乗り、背中に大人二人が乗れる座席が取り付けられ、直射日光を避けるパラソルが着いている。左右に激しく揺れるが、希少体験で旅のいい思い出となるだろう。残った四人のうち三人は最年長トリオだったが、あとの一人が若い茜沢だったのが引き続き気になった。

順番が回ってくると、団員を乗せた象が次々とキャンプの外の一般道へ出ていった。最後の一六頭目が出ていった五分ほど経った頃、南雲会長と外山副会長を乗せた最初の象が帰ってきた。二人は人生初の象乗りを満喫し、笑顔で降りてきた。ワット・プラランムという遺跡の美しい仏塔が見えるポイントでUターンしてくる所要約一五分のコースだ。

最後に訪れたのはアユタヤ最大規模の寺院であったワット・マハタート。アユタヤ時代初期に建立されたが、当時の華やかな建造物のほとんどは度重なるビルマ軍との戦争で徹底的に破壊され尽くし、〈兵(つわもの)どもが夢の跡〉という言葉のぴったりする場所だ。崩れかかったいくつもの仏塔や頭のない仏像などから戦争時の凄絶さが窺える。〈アユタヤ〉とはサンスクリット語で〈難攻不落〉を意味するそうだが、その名前は皮肉に思われる。アユタヤの遺跡群は一九九一年にユネスコの世界遺産に指定されたが、ワット・プラ・スリ・サムペットと並ぶ正に中核遺跡だ。夜になるとライトアップされ、昼間とは違った幻想的な光景が人気を呼んでいるそうだ。

アユタヤからの帰りのバスの中でも、団員たちはおばさんパワー全開でペチャクチャしゃべり続けていた。それにしてもアユタヤはどこに行っても暑かった。知らぬ間にその暑さが小豆沢の体力を奪い疲労度を高めたようだ。加えて昨夜の睡眠不足からか、抗しがたい睡魔に襲われた。姦(かしま)しいおばさんたちの話し声がだんだん小さく遠ざかり眠りに落ちていった。

辺り一帯は砂塵に煙り、人々の叫び声がこだましていた。自らを鼓舞する雄叫(おたけ)びであったり、断末魔の絶叫であったり……。そういった咆哮(ほうこう)のような声が周りから聞こえるが、声の主の姿は見えない。時折ドスンドスンという地響きも体に感じた。目を凝らしてみると、地面の所々に刀を手にした兵士が数名血を流し倒れていた。どうやらそこは戦場のようだった。

「小豆沢、無事であったか」と起き上がろうとする背後から声をかけられた。振り返ると日本人町の第三武士団長の安達一久(かずひさ)であった。安達はあずき色のアヨタヤ[注④]軍の戦闘服を着て、黒い戦国武将のような兜をかぶったキテレツな出で立ちだった。

「今入った伝令によると、アヨタヤの都は西から迫り来るトングー[注⑤]の本隊の軍勢に包囲されつつあるらしい。このスパンブリーの出城を捨ててでも、できるだけ早くアヨタヤにもどってこいとのことじゃ。しかし、あのトングー軍の大筒(おおづつ)から飛び出す炸裂玉には手を焼くなぁ。さっきお主もその爆風で飛ばされたじゃろ」

小豆沢は爆風に飛ばされ気を失っていたらしかった。自分の身なりを見ると、安達と同じような戦闘服を着て、頭にはハチマキを巻いていた。これは夢だと認識できたが、同じ会社の営業の安達と共にトングーとの戦争に参加しているという設定らしい。起き上がり体を動かすと、どこにも傷を負っていないようだった。

「一久殿、我が日本人町の部隊は成果を挙げておりますでしょうか」

「一対一の闘いなら誰にも負けはせんよ。だが、この状況で、皆散り散りじゃよ。三人ほど殺られたのは見た。何せ勢いは向こうの方が上じゃからな。トングーにはポルトガルが付いちょるって話で、あの炸裂玉に加え相当数の鉄砲も装備しているとの話じゃ。前回の戦いで活躍したアヨタヤの象部隊も、あの炸裂玉にタジタジじゃよ。まともに食らったら、体はバラバラじゃ」

そうか。さっき感じた地響きは象が逃げ惑っているのか。その時複数の人が走り寄ってくる気配がし、安達の背後に青い影が見えた。

「一久殿、ご注意召されよ」と叫ぶと同時に、小豆沢は腰の日本刀を抜き、青い戦闘服を着たトングー兵の左肩から斜に切り下ろした。そのトングー兵は即死だったようで、目を大きく開いたまま足先を支点にゆっくりと前に倒れた。まるで時代劇のワンシーンのようだった。剣術の心得などないはずなのに、一撃で敵を仕留めたことに快感を覚えた。次の瞬間三人の青い戦闘服の兵士が小豆沢の背後から迫ってきた。

「小豆沢、後ろだ」と今度は安達が叫ぶと同時に、向かって左の兵士の胴を切り抜いたので小豆沢は左に回りこんだ。一人倒したので、二対二となった。トングーの兵士二人は歯幅の広い鉈のような刀を握っていた。

「お主には右の奴を任せる」と言うが早いか、安達は左の兵士に向かっていった。

「おう！」と呼応し、小豆沢も目の前の青い兵士に切りつけた。

二人のトングー兵氏も相当の使い手のようで、火花を散らしてのチャンバラ合戦となった。どこかで見た光景だなと客観視すると、昨日見たローズガーデンやスワナホンのショーの一幕の約束組手のような剣闘と同じような展開であった。

「隙を探すんだ」と安達から声がかかった。敵の真上から振り下ろされた一撃を刀で受けるのではなくヒラリと身をよけてかわすと、自然とムエタイばりの後ろ回し蹴りの動作に入っていた。小豆沢の右踵はバランスを崩していた相手の後頭部にヒットし、また敵を一人屠った。安達も切りつけることしか考えていない相手の喉を突いて倒した。二人の敵をほぼ同時に仕留めた時、退却を知らせる銅鑼の音が響き渡った。

「よし、このまま一気にアヨタヤまでもどるぞ」と安達に言われ、二人は戦場から離脱し霧のような砂塵の中を早足で歩き始めた。

どれくらい歩いただろうか。歩けど歩けど周りの風景が見えないのでどこを歩いているのやらさっぱり分からない。安達の姿も見失ってしまったようだ。小豆沢の向かう先から近づきつつある地響きを感じた。その時霧のような砂塵は徐々におさまり周りが見え始めた。小豆沢が歩いていた道の両側はどこまでも続く水田だった。前方を見ると人を乗せた何頭もの象が一列に連なりゆっくりと近づいてきた。それぞれの象の上には、頭を跨いで運転手役の象使いが座り、背中に取り付けられた座席には二人ずつ女性がカジュアルな服装で座っていた。どの女性も小豆沢の見知った顔だった。先頭の象が小豆沢の前で止まると、背中の女性が話しかけてきた。

「小豆沢さん、客をほったらかしにしてどこに行ってたの」

声の主は南雲会長だった。その隣には外山副会長が座っていた。このまま進むとさっきの戦場に行き着いてしまうので、小豆沢は大声で直ぐに引き返すよう訴えた。

「この先でアヨタヤ軍とトングー軍が激しく戦っています。今直ぐもどってください」

「何バカなこと言っているの。こんな平和な時代に」と外山が返してきた。

小豆沢は自分の格好を見た。ベージュのスラックスに半袖の白い開襟シャツという今朝の服装にもどっていた。さっきまであずき色の戦闘服を着ていたのに……。夢と分かっているのに、安堵感に浸れた。緊張が解けたのか、ヘナヘナとその場にへたり込んでしまった。そこで周りの風景も象の隊列も薄れていき、やがてすべてが消え去っていった。そして、小豆沢は覚醒した。

現実に引きもどされたのは、バスが高速を下りて信号待ちで止まった時だった。電車の中で居眠りすると、目覚めるのは決まって駅で止まった時だ。それと同じなのか、緩やかで規則的な振動は、赤ちゃんを気持ちよく眠らせるゆり籠に似た効果を与えるのだろう。

「大分お疲れのようですね」と、バスの前に立つ宮原に小声で言われた。

「昨日、あの後なかなか寝付けなくて。もう、バンコク市内にもどったんですね」と、小豆沢も団員に気づかれぬような小声で返した。

「はい。この先スムーズに走れれば、あと五分くらいで免税店に着きます」

バスの大きなフロントガラスの上に掛けられた時計を見ると、午後四時二〇分だった。気を張っていたつもりだが、昨晩の睡眠不足のツケが出てしまったようだ。この日はホテルにもどる前に免税品の買い物に寄ることになっていた。宮原はガイディング中だったようで、マイクのスイッチを入れしゃべり始めた。

「去年の地震の話でしたね。バンコクではほとんど揺れはありませんでしたが、高層ビルの上のフロアーにいた人は微かな揺れを感じたそうです。日本でもテレビのニュースで頻繁に流れたと思いますが、プーケットなどタイ南部を襲った津波で四千人近い犠牲者が出ました。行方不明者を加えると五千人を超えるとも言われています。プーケット島は国際的なリゾート地で、しかもオンシーズンだったため、犠牲者の半数の二千人近くが外国籍の人たちだったそうです」

昨年一二月のスマトラ沖地震の話をしているようだ。

「タイは歴史的にみても大きな地震はありません。バンコクでも最近高層ビルがどんどんできていますが、地震が起こることを想定して造ってはいないので、震度四とか五クラスの地震でも大惨事になるのではないかと言っている人もいます。大分前に建築家の団体旅行のお世話をしたことがあるのですが、三〇階くらいのビルの建築現場を見て、日本なら絶対ありえないと皆さんびっくりしていました。高層ビルを鉄筋コンクリートで造るなんて考えられないそうで、日本だと建設許可が絶対下りないだろうとおっしゃっていました。日本ではある階数を超えると、鉄骨造りにしなければいけないという規定があるそうですね。今バンコク市内では高層タワー型のコンドミニアムが人気ですが、その建築家の団体ツアーをやったおかげで、高い建物に住みたいと思わなくなりました。前方に鉛筆を建てたような建物が見えますね。あれは八八階建ての『バイヨークⅡ（ツー）』という商業用スペースとホテルの複合ビルです。あんなに高い建物なのに鉄筋コンクリート造りなんですよ」

「今私たちが泊まっているホテルは大丈夫ですか」と宮原の話に割り込むように団員の一人から質問が上がった。

「ちょっと怖がらせちゃったかしら。バンコクではこれまで大きな地震がなかったので、その理にかなった造りですから心配はないでしょう。それにホテルの親会社はイタリアン・タイというタイ最大手のゼネコンですので問題ないと思います。でも、タイの中央部には活断層はないのですが、バンコクは元々チャオプラヤ川下流のデルタ地帯で地盤がゆるい上、ここ二〇年の経済発展に伴う過剰な地下水の汲み上げによる地盤沈下が深刻化しています。ですから場合によっては、突然の土地の陥没がいつ起こっても不思議ではないと言っている専門家もいます。もしその上に人がたくさん集まる商業施設があると大惨事となることは避けられないでしょうね」

宮原の話が一段落する頃、バスは免税店に到着した。そこは三階建てのデパートのようなバカでかいところで、世界各国の免税店を見てきた小豆沢にとって一番広い免税店に思えた。名前は『キングパワー・デューティーフリーショップ』[注⑥]とあった。

団員全員の詳細リストをワールドネットが事前に送ってあったようで、宮原が一階の登録カウンターに行くと、全員分のショッピングカードが用意されていた。宮原は素早くカードを各団員に配り、その場に五時半集合を伝え解散した。

その後、小豆沢は宮原とともに三階のコーヒーラウンジで時間を潰した。先ほど一階で解散した一〇分後くらいだったろうか、茜沢がうつむき加減で二人のテーブルの前に立った。

「どうかされましたか。よろしければお座りください」と小豆沢は前の空席を指した。

茜沢は腰を下ろすと直ぐにオドオドとしながら口を開いた。

「実はご相談したいことがありまして……」

その後の言葉がなかなか出てこなかったので、宮原が先を促した。

「どうされたんですか。お力になれることがあれば、なんでもいたしますよ」

その一言で意を決したのか、茜沢は顔を上げた。

「実は所持金のほとんどを盗まれてしまったんです」

「おいくらくらいですか」と小豆沢は尋ねた。

「一五万円くらいでしょうか」

「盗まれたのは現金だけですか」

「他に三万円くらいしたデジカメもです」

「海外旅行保険に加入されていますので、紛失証明があればカメラの損害額は補償されます。でも残念ながら、現金は補償対象外ですので」

「盗まれたお金以外にいくらかお持ちですか」

「小銭くらいしか残っていないので、帰国後の交通費用に、同室の椎名さんから二万円借りました」

「所轄の警察に紛失届けを出せば、その調書が紛失証明になります」と宮原がアドバイス。「言葉の問題もありますので、私も一緒に行きますよ。カメラの代金分だけでも、もどってくる方がいいでしょう」

「私もそれがよいかと思います。せっかく保険に加入されていますので、使わぬ手はないでしょう」と警察への届出を小豆沢も勧めた。

「盗難に遭った際の状況をお話いただけますか」と宮原は尋ねた。

「正直にお話します。実は……」と語り始めた茜沢の話は、今朝見たホテルの部屋のベッドを使っていないことを裏付けるものだった。

昨晩の夕食後、同室の椎名に面白いところがあるので飲みに行かないかと誘われタクシーで出かけた。着いたのは繁華街にあるモンティエンという名前のホテルで、そこから数分歩き『ブラック・スタリオン』というバーに入った。そこは正面に一段高い横長のステージあり、テーブルと椅子はどこからでもステージが見えるように配された造りだった。ステージ上では若い男たちがビキニタイプのパンツ一枚の姿でディスコ系の音楽に合わせ踊っていたそうだ。そう、そこはゴーゴーボーイズバーだった。

椎名は一年前に学生時代の友達とパッケージツアーでバンコクを訪れ、その際にこの店に遊びに来たとのことだった。茜沢はこんなお店は初めてで、どのダンサーもイケメンに見え、夫とは違った引き締まったボディーに見惚(みと)れてしまった。椎名は入店直後五分くらいで、激しく且つセクシーに踊っていたダンサーたちの中から早くも好みの子を隣に呼び話し始めた。椎名からタイプの子がいたら呼んであげるからと言われたが、茜沢はどの子にするか目移りしなかなか決まらなかった。否、そんなことをしていいのかしらという羞恥心から決めきれなかった。格好いい男の子と話している隣の椎名を羨ましげに眺めつつ、二本目のビールを飲み終えようという頃、二〇代前半と思われるウルフカットの甘いマスクの男に声をかけられた。

「〇×△□マイ？」

タイ語なので何を言われたか分からなかったが、手で何かを飲むしぐさをしたので、一緒に飲まないかと誘われたのだろうと解釈した。笑みを浮かべながら話すその男の雰囲気は、茜沢の好きな韓国の俳優のパク・ヨンハを思わせたので、すんなりと隣の席に座らせビールを奢った。ゴーゴーボーイのようなパンイチではなく、ジーンズにTシャツ姿だった。名前はジェイと名乗った。酔いも手伝って気が大きくなっていたのか、言葉の壁を超え終始笑顔のジェイと楽しく過ごせた。

入店し一時間くらい経った頃、椎名は隣に呼んだ男を連れ出しこれからディスコに踊りに行くが、茜沢たちもどうかと誘われた。ジェイともう少し一緒にいたかったので、同行することにした。海外ということもあり、この時点では夫に対する裏切り行為だという思いは微塵もなく消え失せていた。

タクシーで移動した先は『ハリウッド』というものすごく大きなディスコだった。都会での生活経験のない茜沢にとって、ディスコで遊ぶのは人生初めてのことであり、気持ちは浮きっぱなしだった。椎名は前回の来泰の折もここに来たらしく、どうやら彼女がこの店を指定したようだ。椎名が言うには、日本のディスコはダンスフロアーで踊るが、タイでは客それぞれが自分たちのテーブルの周りで踊るらしい。案内されたテーブルの遥か先にダンスフロアーもあったが、店内のテーブルの配置に充分な余裕があったので大音量で流れる音楽に合わせ体を揺らせた。そのスタイルは茜沢にも好都合で、誰の目も気にせずジェイにリードされ楽しく踊った。時折ジェイに身体のあちこちに触れられると、快感さえ覚えた。お酒の酔いもあり、気分は最高潮に達していた。話す言葉は違うが、茜沢は不思議とお互い理解し合えているとの錯覚に陥っていた。

午前一時を回った頃、椎名はガイと名乗るゴーゴーボーイと近くのホテルへ行くと言い出した。茜沢には一人で宿泊ホテルにもどるという選択肢もあったが、若いイケメンと羽目を外したいという気持ちも抑え難かった。日本ではこんなチャンスは絶対にないだろう。

　そんな思いからまたも椎名たちと行動を共にすることに。タクシーに乗り五分ほどで着いたところは黒っぽいシートが並んだモーテルだった。茜沢は椎名に一番気になることを聞いてみた。

「いくら渡せばいいの？」

「それはちゃんと事前に話して決めとかなきゃ絶対にだめよ。終わってからだと相手ともめることもあるからね。こっちの彼とは朝まで二〇〇〇バーツで交渉成立しているわ。だから、同じ額で話してみたらいいんじゃない」

「うん。分かったわ。それと、何時頃までいるの？」

「朝六時頃に出れば、ホテルのモーニングコール前に帰れると思うよ」

　そう確認し合うと、隣り合ったそれぞれの部屋に入った。そこは硬いベッドにシーツをかぶり寝るような安っぽい部屋で、正に男女の睦事(むつごと)を行うためだけの場所のようだった。エアコンの音もうるさく、バスルームに備え付けの電気給湯器も小さいため、ぬるいお湯しか出なかった。かび臭く饐(す)えたようなニオイも感じる最悪の部屋ではあったが、ジェイと一緒だったのでその時の茜沢にはパラダイスにいるみたいに感じた。

「ドゥームアライマイ？（何か飲む？）」

入室後のジェイの第一声だったが、何か飲みたいかを聞かれていると分かった。

「コーラが飲みたいわ」

「オーケー。ポムサンハイ。クンアップナームコーンナ（了解。頼んであげる。君はシャワーを浴びてきていいよ）」

日本語とタイ語で会話できているのが茜沢には不思議でならなかったが、そう言われたので先にシャワーを済ませた。バスルームから出ると、ジェイが頼んでくれたコーラのボトルと氷入りのグラスが安っぽい応接テーブルの上に置かれていた。

ジェイはグラスにコーラを注ぎ茜沢に勧めると、バスルームに入っていった。お酒に酔った身体がスカッとした飲み物を欲していたので、茜沢はコーラを一気に飲み干した。

〈あと数分後、あのイケメンに抱かれるんだわ〉と思うと、心臓はドクンドクンと鼓動し身体が熱くなった。その気持ちの昂（たか）ぶりを抑えるべく、テレビのスイッチを入れると、洋モノAVの激しいシーンが画面に映し出された。

〈わっ、何これ！　すごい！〉

普段AVなどほとんど見ないので、しばらく目を奪われてしまう。

〈ヤダ！　これじゃ逆効果だわ〉と思うや、テレビを消した。そしてナイトテーブル以外の灯りも消し、巻いていたバスタオルを椅子に掛け、ベッドのシーツにもぐりこんだ。身体を横たえるとスーッと力が抜けていき、急に強烈な睡魔に襲われ意識が遠のいていった。

気がつくと目の前に椎名がいた。どうやら朝になっており、椎名に揺り起こされたようだ。約束の六時を過ぎても外に出てこず、室内電話にも応答のない茜沢を心配し、モーテルのスタッフに頼みドアの鍵を開けてもらったとのこと。そこには一緒にいるはずのジェイの姿はなく、死んだように眠っている茜沢が一人取り残されていたとか。そして、財布とデジタルカメラを入れていたウエストバッグも消えていた。ジェイに盗まれたのだと理解できた。

椎名の横にいるガイにジェイについて聞くと、驚いたことに何も知らないとのこと。

つまりジェイは同じ店に所属するダンサーではなく、単なる飛び込み客だったそうだ。ジェイという名前もチューレン[注⑦]（あだ名）で、本名が分からないと調べようもないとか。

茜沢は全身に重ったるいだるさを感じた。それは疲労からくるものではなく、何か薬物のようなものではないかと思えた。記憶をたどると、モーテルに来て直ぐに飲んだコーラが怪しい。あの中に睡眠薬のようなものを仕込まれたのかもしれない。そう思い至ると、自分は盗難事件の被害者だと認識できると同時に、絶望的な思いに落ちていった。財布の中にはほぼすべての所持金を入れていたし、カメラは今回の旅行のために買ったばかりのものだった。それらがもどってこないと分かると、どうしたらよいか分からず頭の中が真っ白になった。

時計を見ると七時を回っていた。茜沢は椎名に促され急いで身支度を整えた。モーテルの支払いは来た時に済ませているので、タクシーを呼んでもらい、宿泊ホテルに帰るべくタイ語で書かれたホテルカードをドライバーに渡した。できるだけ急いでもらえるようドライバーに頼んだが、所々で朝の交通渋滞に巻き込まれホテルに着いたのは八時を過ぎた頃だった。

茜沢の話を聞きながら小豆沢が感じたのは、〈日本人女性も海外で大胆に遊ぶようになったんだなぁ〉ということだった。何年か前に読んだ某女性ノンフィクションライターが書いた作品を地で行くような、なんとも奔放な行動に衝撃を受けた。添乗員という自分の立場からすると、困ったお客様なのだろうが、少しでも被った損害をリカバーできるようにせねばならない。

宮原は『ハリウッド』というディスコに入ったことはないものの、場所は知っているようだった。茜沢たちが行ったモーテルもその近くとのことだったので、本来であればホェイクワン地区管轄の警察署に出頭せねばならないそうだ。しかし、宿泊ホテルから遠いので、カメラはホテルで紛失したことにして、夕食後にその地区管轄のパヤタイ警察に宮原に付き添ってもらい盗難届けを出すことにした。小豆沢も後学のために同行したかったが、昨日のような急病人が出るやも知れないので残ることにした。

事情を説明し終えた茜沢の表情はどこか晴れやかだった。女性にとってすごく恥ずかしいことだったかもしれないが、話すことにより心を押しつぶすような重荷から解放されたようだった。

「相部屋の椎名さんは親しいお友達なのですか」と宮原が聞いた。

「婦人会の会合などで顔は見知っていましたが、これまであまり話をしたこともなく、仲がいいというわけではありません。たまたま同い年だったので幹事の方に同じ部屋に割り振られたのだと思います」

「お金を貸してくれたと言われたので、私もてっきりご友人なのかと思っていました」と小豆沢も口を挟む。

「相部屋のよしみなんでしょうが、椎名さんが私を飲みに誘ったので、多少の責任を感じているからかもしれません。それと申し訳ないのですが、昨夜のことを私がお二人に話したことは彼女には伏せていただけますか」

「分かりました。プライベートなことですからね」と小豆沢は同意した。

「昨夜のことは椎名さんにとっても秘めておきたいことだと思うので。彼女にはカメラを紛失したので、警察に届けを出しに行くとしか言いませんから……」

その後も茜沢は小豆沢と宮原のテーブルで一緒に時間を潰した。宮原がコーヒーを頼んでくれたこともあるが、免税品の買い物をするお金も持ち合わせていないので、茜沢にとっては好都合であった。集合時間一〇分前に三人で一階に下りた。

一時間ほど前にショッピングカードを配ったロビーは大勢の中国人らしき団体の買い物客でごった返していた。すでに一〇名の団員が下りてきており、隅の方で窮屈そうにかたまっていた。そこで全員集まり点呼を取るのは無理と判断した宮原は、揃った人たちを何回かに分けてバスへ誘導することを小豆沢に提案し、まずは茜沢を含めた一一名をバスへ乗せ込んだ。残った小豆沢は団員が下りてくる度に手を上げて一ヶ所に集めた。その集まった人たちをもどってきた宮原がまたバスに案内。予定時刻の五時半には全団員の案内終了。その一五分後にはホテルに帰り着けた。

その日の夕食はチャオプラヤ川沿いにある商業ビル内の『サボエ』という海鮮料理のレストランで取った。疲れ知らずの団員たちは、食事中相も変わらず終始和気あいあいとしゃべり続けていた。昼食時と異なり、茜沢も明るい表情で話に加わっていた。

夕食後茜沢は宮原と一緒にカメラの盗難届けを出しに行ったが、部屋にもどると椎名の姿はなかった。ライティングデスクの上を見ると、メモらしきものが残っていた。

〈最後の夜なので、ちょっと遊びに行ってきます。皆には秘密にしといてね！〉

感心するやら、呆れるやら――なんとぶっ飛んだ人と相部屋になったんだろうと思いながら、茜沢は熱いお湯に浸かりこの日の疲労から解放された。

一方、小豆沢は問題続きの今回のツアーに心身とも疲れきってしまったのだろう。夕食からもどり自室に帰ってくると、急にめまいがしてベッドへ倒れ込んでしまった。この日は一日中暑く大量の汗をかいたので風呂に入らねばと起き上がろうとしたが、その意思に反し体が言うことをきかなかった。幸い翌日の現地最終日は夕方まで自由行動だ。もう風呂なんてどうでもいいや……、しばらくこのままで……。そう思うと意識が薄れていった。

四日目（最終日）

タイを離れる最後の日を迎えた。この日は終日自由行動で、夕方六時にホテルをチェックアウトし、市内のレストランで夕食を取った後空港へ向かい、夜行便で帰国という予定だ。昼間団員たちはそれぞれ自由に過ごすということで（そのためモーニングコールはなし）、すべての客室を夕方まで使えるようにデイユースで手配している。

小豆沢は前日気を失うように眠ってしまい、目を覚ましたのは午前一〇時半を回った頃だった。一二時間以上も睡眠時間が取れたので心身ともすっかりリフレッシュでき、爽快な目覚めだった。慌てて下りていっても、さすがにこの時間では朝食のブッフェラインは片付けられているに違いない。貧乏性なので一食損したような気もしたが、致し方ない。その代わりゆっくり休むことができ、体力回復できたのでよしとしなければ……。小豆沢はそう思うことにした。

団員の多くはすでに行動を開始し、思い思いのフリータイムを楽しんでいることだろう。宿泊ホテル近くに[注⑧]ワールドトレードセンターという巨大ショッピングコンプレックスがあることをツアー説明会の時に婦人会の役員五名に話しているので、ほとんどの団員がここを目指したのではないか。ここにはキーテナントとして、タイ最大の流通グループであるセントラル系列の『ＺＥＮ』と日本の『伊勢丹』の二つのデパートが入っており、その他にもタイシルクで有名な『ジムトンプソン』、キルティングバッグやコットンの小物製品で名前が売れ出した『ナラヤ』など多くの小売店が入っている。また、きれいなエステの店についても聞かれたので、同コンプレックス内のお店を勧めておいた。六階には和食も含め何件ものレストランがあるので、気軽に昼食を取ることもできる。ホテルから歩いて行ける近さだし、ここで団員に一日過ごしてもらえれば、添乗員である小豆沢にとっても安心なのだ。

　小豆沢はお腹もすいていなかったので、シャワーを済ませた後、読みかけの本を手に短パンにＴシャツ姿で八階のプールサイドへ下りた。白人の宿泊客が一〇人ほどデッキチェアの背を倒して甲羅干ししていた。小豆沢は日陰の空(あ)いていたデッキチェアに座り、栞(しおり)を挟んでおいたページを開いて続きを読み始めた。しかし、一〇分も経たないうちにギブアップ。暑さでストーリーがまったく頭に入らないのだ。背中にはじっとりと汗をかき、頭がぼーっとしてきた。日陰にもかかわらず気温が高く、いたたまれなくなっていた。

〈海パンをはいていればプールに飛び込めたのに〉と、今回の添乗に海パンを持ってこなかったことを悔いた。日程に自由行動の時間が充分にある暑い国への添乗ではいつも持参しているのに、なぜか今回は入れ忘れてしまったのだ。Tシャツを脱いで短パンのままプールに入ろうかとも考えたが、ひとまずどこかエアコンの効いた快適な場所に避難せねばという思いが勝った。

エアコンをつけっぱなしにした自室にもどりこれからどうしたものか考えたところ、前回のツアーの時のガイドと一緒に行ったタイ式マッサージ屋が近くにあるのを思い出した。地元の人が行くような店ではあったが、店内は小ぎれいだった。マッサージ師のほとんどがおばちゃんで、当たりはずれなくどの人もマッサージの腕はいいそうだ。場所はホテルを出て右方向に歩き、二つ目の小道の入口だったはず。通りの反対側は〈電脳マーケット〉とか〈タイの秋葉原〉と呼ばれるパンティッププラザなので、時間つぶしに後で行ってみようとプランを立てた。

タイ式マッサージは最近日本でも注目されだしたが、疲労で凝り固まった身体の部位への手指を使った揉みほぐしだけでなく、四肢や背骨などを曲げたり伸ばしたりのストレッチ動作も組み込まれている。その歴史も古く二五〇〇年前の古代インドにまで遡ると言われ、医療行為のひとつとしてその技術と知識は現在にまで受け継がれている。バンコク市内のいたるところにそのサービスを受けられる場所があり、その料金も日本人からすればとても安い。前回は二時間のマッサージを受けて二四〇バーツ（一時間一二〇バーツ）で、マッサージ師に一〇〇バーツのチップを渡すと両手を合わされた。

その同じお店にやって来た。入口をくぐると、多くのおばちゃんマッサージ師が座る待機所が見えた。一度来ているので勝手は分かっている。店のスタッフに二階に誘導され、たくさん並べられているマットの一つを指定された。二時間のサービスをお願いすると、スタッフはカーテンを引きプライベートスペースを作ってくれた。その中で店が用意している上下茶色のパジャマのような服に着替え横になって待っていると、お湯を入れた桶を持ったマッサージ師がカーテンをめくり入ってきた。そして、足を拭いてもらった後、施術開始となった。

今回のマッサージ師の按摩技術も前回同様高いようで、あまりの気持ちよさに途中眠ってしまうほどだった。二時間しっかりマッサージを受けると、血の巡りもよくなったのだろうか、身体中の細胞も活性化され体が軽くなったように感じた。店外に出てエアコンで冷え切った体が真上からの直射日光を浴びると、皮膚がヒリヒリした。

大通りを歩道橋で渡ると、反対側の歩道に下りる階段とそのままパンティッププラザの二階に通じるルートがあったので、そのまま進み建物内に入った。土曜日ということでものすごい数の人でごったがえしていた。コンピュータ関係の小さなテナントショップが軒を連ねており、パソコン本体から様々な周辺機器に至るまで販売されていた。驚いたのは日本語版のWindowsやOfficeが二〇〇バーツ程度で売られていた。どうやら海賊版のようだが、交渉すればもっと安くなりそうだった。様々なテレビゲームのソフトも安価で売られていたが、それらも海賊版らしい。混雑した通路ではAVのカタログをもった売人にしつこく日本語で声をかけられた。どうやら日本では手に入りにくい無修正版が簡単に買えるようだ。それらはもちろんコピーだが、たくさん買えば買うほど安くしてくれるという。会社の同僚へのいい土産になるなと一瞬思ったが、成田の税関検査で客の前で没収という事態になったら恥ずかしいので、買う意思がないことをはっきりと伝えると売人は黙って去っていった。その後も同じような売人に何度も声をかけられたので、エロＤＶＤを買いに来る日本人が本当に多いのだろう。

歩き疲れたところにフードコートがあったので、遅い昼食を取った。カフェテリアスタイルで食べたいおかずを指差すだけでいいので、注文はすごく楽だった。小豆沢が食べたのは目玉焼きをのせた鶏ひき肉のガパオライスで、時折日本のタイ料理店で食べるものよりかなり辛く、ヒーヒー言いながら平らげた。

食後、ホテルの自室にもどったのは三時半頃だった。荷造りも簡単に終えると、出発までの二時間あまりの時間を読書でつぶすことにした。

夕方のホテルチェックアウトの時、最大の問題が発生した。このツアーの営業担当者から一番注意するように言われていたことだが、落合がパスポートを紛失してしまったのだ。パスポートは各自の個人管理で、紛失や盗難防止の観点から、フロントや自室内のセーフティーボックスに出発まで入れっぱなしにするようお願いしていた。以前は団体客全員のパスポートを添乗員が管理していたが、帰国を前に添乗員がパスポートをセーフティーボックスから取り出し、チェックアウトの手続きをする僅(わず)かの間にまとめて盗まれるという事件が他社のツアーであったのだ。それゆえ現在はどの旅行会社でも、パスポートは客各自の個人管理に切り替えている。

この日の朝、落合はショッピングへ行こうと預けていた現金を出すためセーフティーボックスを開けたのだが、夕方再びパスポートを出すのを面倒に感じ、預けていた物のすべてを取り出しボックスをリリースしてしまったとのこと。パスポートは現金と一緒にハンドバッグへ入れて出かけたが、出先では出して使用することはなく、ホテル出発前の集合時に確認するとバッグの中から消えていたそうなのだ。小豆沢はガイドの宮原の携帯電話で行田につないでもらうや、挨拶もそこそこに本題に入った。

「最後にまた問題が起きてしまいました」

「どうなさいました？」

「お客様の一人がパスポートをなくしてしまったようです。どうすればいいでしょうか」

　小豆沢はわめき散らす落合の顔を思い浮かべながら、深刻な口調で話し続ける。

「本人は月曜に用事があるので、どうしてもみんなと一緒に帰りたい。なんとかして欲しいってせがまれまして……」

「それは困りましたね。今日は土曜、明日は日曜で大使館は休みだし……」

　行田の話だと、パスポート紛失の際は一時渡航書（正式名称は『帰国のための渡航書』）を申請せねばならず、休みも挟んでいるので二、三日帰国が遅れてしまうようだ。

　これを取る手続きはまず最寄りの警察署に出頭し、パスポートの紛失届けを出し調書を取る。次はパスポート紛失の証明である警察発行の調書を持って日本大使館領事部へ行き、一時渡航書を取得する。午前中に申請すれば（渡航書には当人の写真も添付するので、証明書用の写真を持っていない場合は大使館出頭前に用意せねばならない）、午後には受け取れるらしい。そして、最後にそれを持って市内の出入国管理局（イミグレーション・オフィス）へ行き、当人の入国記録を調べてもらい、一時渡航書に記録にある日にちの入国スタンプを押してもらえば手続き完了。非常に手間がかかるし、当人だけでは動けないだろうからガイドの同行が必要になってくる。行田の話を聞いた小豆沢は暗澹（あんたん）たる思いで続ける。

「分かりました。その際はガイドや車の手配をお願いすることになると思いますが、なんとかならないでしょうか。自己責任なのは本人も理解しているようなんですが、それでも『なんとかしてよ』の一点張りで……。以前何度かウチの会社でも苦情を受けている落合さんっていうお客様なんですけど」

「事情はよく分かりました。実は奥の手があるのですが、一〇〇%成功するかどうかは確約できません」

「他に方法があるのですか」

「それについては夕食場所の『コカ』で説明します。私も直ぐに向かいますので、とりあえずは落合さんも含めホテルをチェックアウトし夕食のレストランへ向かってください」

そう言って行田は電話を切った。

小豆沢は行田が言っていた奥の手とは何だろうかと気になったが、ひとまず先ほど聞いた正規の手続き手順を落合に説明すると、

「やっぱりパスポートがないと帰れないわよね」と言って落合の表情は暗く沈んだ。パスポートは海外において、その人がどこの誰であるのかを証明する唯一の物なのだ。だから普通に考えても、パスポートがなければ入国も出国もできないのは当たり前の話だ。一緒に聞いていた南雲会長も「宮原さんもパスポートは命の次に大事な物だって言っていたしね。でもその手続きに宮原さんに一緒に行ってもらえば安心よ」と励ますも、落合は落ち込むばかりで黙り込んでしまった。

そこへ全団員の部屋のミニバーなどの個人精算が終わっていることの確認やチェックアウト手続きを終えた宮原がもどり、集合をかけホテルを出発した。タイでの最後の夕食はタイ風鍋料理で、こちらではタイスキと呼ばれている。日本人は鍋料理が好きなので、旅の最後を盛り上げようと組み入れた。でも、最後の食事が落合のパスポート紛失事件で、盛り上がるかどうか。小豆沢はこの難題の前に不安でたまらなかったが、なるようにしかならないと開き直ろうと努めた。

コカ・レストランまで渋滞のため四〇分ほどかかった。ここは賑やかなスリウォン通りからちょっと奥まったところにある三階建ての人気レストランだ。今回の一行の最後の晩餐のため、二階の個室に四つのテーブルが用意されていた。小豆沢はツアーの食事の際、団員のテーブルから離れガイドと一緒に食べるようにしていたが、最後ということでリーダーの南雲から慰労もかね同席するよう求められた。南雲とサブリーダーの外山の間に座らされ、そのテーブルの向かい側に落合もおり、一番気を遣わねばならない場所に置かれた。滅入ってしまう気持ちを隠し、場を盛り上げようと仕事モードに気持ちを切り替えた。

最初のドリンクのグラスが全員にいき渡ると、南雲は自分のグラスを持ち乾杯の音頭を取るべく立ち上がった。

「楽しかったタイ旅行ですが、ついに最後の食事となりました。話には聞いておりましたが、どこに行っても暑かったですね。でも見どころ豊富ですごく楽しい旅行になったと思います。ガイドの宮原さんと添乗員の小豆沢さんのおかげで素晴らしいツアーになり、お二人には大変感謝しております。帰国後も婦人会を盛り上げ、来年も親睦旅行を続けられるよう頑張っていきますのでご協力のほどよろしくお願いいたします。はい、それでは最後の食事を楽しみましょう。その前に皆さんグラスを持ってください。それでは声を揃えて、乾杯！」

「乾杯！」と全団員も声を上げグラスをぶつけ合った。

すでに食材の小皿を満載にしたカートが各テーブルに用意されていて、乾杯が終わるとそれぞれのテーブル担当のウェイトレスが真ん中が煙突状に出っ張った鍋に食材を入れ始めた。最初はストーンクラブという爪の大きなカニのみを入れ、ゆで上がると小皿に取り分け配られた。つけダレは日本の醤油風のものと見るからに辛そうなタイ風の二種類用意されていた。ウェイトレスは次に用意されていた半分ほどの肉の切り身やツミレや野菜をカニでダシが取れた鍋に入れた。火が通りでき上がると、小さな金属製の網で素早くすくい取鉢に入れていく。

小豆沢が各テーブルの様子を窺うと皆美味しそうに食べているので、最後に鍋料理を入れたことは正解であったと思えた。ただ落合一人だけが沈んだ面持ちで機械的に口を動かしている。さっきから南雲も楽しい話題を選びこのテーブルを盛り上げようとしているが、ノリの悪い人が一人いるだけで雰囲気が曇りがちになるのが分かる。周りの人もまるで腫れ物に触れるような接し方をせざるを得ない。

小豆沢は七年前の新入社員時代の研修で受けた〈添乗員の心得〉というレクチャーを思い返していた。

☆添乗員に〈NO〉の返事はない

明らかに不可能であると分かっていることでも、熱くなっている客にその場で〈NO〉の答えを言えば火に油を注ぐようなもの。「確認いたしますね」とか、やんわり先延ばしにしたりして、客の気持ちが冷めた頃、できない理由を論理的に説明すれば分かってもらえる確率は高い。

☆お客様の前では汗をかけ

客の言うことに対してなんでもかんでもイエスマンである必要はないが、どんな頼まれごとでも汗をかいて客の前にもどれば一生懸命にやってくれたと思われる。

結果がダメな時でも、汗をかいていれば誠意を持って取り組んでもらえたと受け取られる。

☆男芸者たれ

添乗員は常に客を喜ばせるエンターテイナーであることを心掛けよ。性格的にそういうキャラではなくても、客を楽しませようと心からそう思い接すれば男芸者にでもなれる。

講師役の先輩社員に何項目もの心得を叩き込まれたが、その中からこの時三つの心得が頭の中をよぎった。小豆沢はこの場の雰囲気を少しでも和ませることができないか考えた。今自分にできることはすべてやるしかない。小豆沢は落合を意識しながら、そのテーブルに座る一人ひとりに向け話し始めた。

「次は私から皆さんにクイズを出しますね。答えが分かったら、遠慮なく言ってみてください。ウチの会社に中東やアフリカ大好きっていう添乗員がいて、その人から聞いた話でちょっと下ネタで申し訳ないんですが……」

「大丈夫よ。ここにいるのはみんな女が終わったおばちゃんばかりだから」と南雲が反応し、早く話せと促している様子が窺えた。

「それでは失礼を承知で。昨日ほとんどの人がアユタヤで象に乗りましたね。日本ではできない貴重な体験だったと思います。アフリカのエジプトではラクダに乗ることができるらしいんですよ」

小豆沢は話しながらそのテーブルに座る一人ひとりを見回すと、誰もが自分の話に耳を傾けてくれているのが確認できた。そして、歌を交え話を続ける。

「ラクダに乗ってピラミッドを見たり砂漠を巡るっていうコースがあるそうです。『♫月の砂漠をはるばると、旅の駱駝がゆきました♫』ってな具合に、ラクダと砂漠っていうとこんな歌を口ずさんでしまいますが、これから話すのはまだ明るい時間のことです。

ある新婚さんがハネムーンでエジプトに行ってラクダ乗りを体験したんです。長らく砂漠をラクダの背に揺られオアシスに着きました。小休憩ということで、二人はラクダから降りて木陰で休んだんです。旦那さんはタバコに火をつけスモーキングタイム。奥さんは手持ち無沙汰で時間が気になりだしましたが、二人とも時計をホテルに忘れてきたためラクダ使いに時間を聞きました。するとラクダ使いは目の前にぶら下がっているラクダの二つのタマタマを両手で少し持ち上げ、『四時三五分ですね』と答えたそうです。奥さんはなんでラクダ使いが、ラクダのキンタマを持ち上げただけで時間が分かったのか不思議でなりませんでした。なぜなら、ラクダ使いも時計を持っていなかったからです。さあ、皆さんはなんでラクダ使いが正確な時間を言い当てたのか分かりますか」と小豆沢が座るテーブルの団員に問いかけた。

「ン〜、なんでだろう。重さかしら？」

「いや、お湿りじゃない？」

「時間によって大きさが変わるのかも」

「でも、そんなもんで時間が分かるのかしら。どこかで日陰の長さを見たんじゃない」

テーブルのあちこちから色々な意見が出てきて面白い。

「ねえ、小豆沢さん、そろそろ教えてよ」と南雲から回答をせかされた。

「それでは答えを発表します。これはラクダのキンタマに皆さんの注意を向けただけの話なんです。そんなもので時間が分かるはずありませんよね。ラクダ使いは遠くの時計塔を見るために、目の前のキンタマが邪魔だったので持ち上げただけなんです」

「ははは……」という笑い、「なーんだ。でも面白い」とか「くだらないけど、そういう話好きよ」と色々な声が上がった。小豆沢の話をしっかり聞いてくれたからこその反応だ。小豆沢は更に続けた。

「キンタマついでに、世界の面白い地名についてお話しますね。インドネシアのバリ島にキンタマーニっていう山があるんですよ。そして、その山の麓にマンコーニっていう湖があるそうです。皆さん、信じますか」

「本当かしら」とか「うっそー」という声が上がる。小豆沢は頃合いを見計らい口を開く。

「山の名前は本当にあります。湖は嘘でした。すみません。でも湖の方のその名前はイタリア人の苗字に実際にあるんですよ。日本の病院などで『マンコーニさん』と呼び出しをされた時など、周りで聞かされる方もなんか恥ずかしくなっちゃいますよね。

更に極め付きをもう一つ。オマン・レイクという湖がカナダにあるそうです。今私は英語で言いましたが、日本語では恥ずかしくて絶対に口にはできません。皆さん、各自心の中で言ってみてください」

同席者の反応を窺うと、恥ずかしそうな表情を見せつつもニヤニヤしている人が多かった。「やだ〜」と言いつつ顔が笑っている人、「今度ダンナに話してみる」と言ってメモる人もいた。南雲も「アハハハー」と豪快に笑い、「そういう話、私好きなのよ」とのこと。左隣の外山だけが平静を装い、「お酒の席のことにしとくわね」とチクリと小声で言われた。しかし、怒っているようには見えず、どちらかというと笑いを堪えているようにも見えた。そして、外山は真面目な顔でこの話題に加わった。

「キンタマーニって山で思い出したけど、チンコ川って川もあるらしいわよ」

こんな発言を外山がするのは意外だという顔をしている人もいたが、大半の人は「ホントなの」と言いながら笑っている。

「どこにあるんでしたっけ？」と外山に話を振られたので、

「確か、中央アフリカっていう国だったかと」と小豆沢は答えた。

「ねぇ、小豆沢さん、他にはないの？　もっと面白い地名とか知ってたら教えてよ」
と南雲から促された。外山もうなずいたので、小豆沢は続けた。
「そうですね。あと私が知る限りでは、スケベニンゲンっていう町がオランダにあるそうです。それと、南太平洋のバヌアツという国にエロマンガ島っていう島もあるとか」

　このテーブルは全員が五〇代の婦人会のお姉さんチームで、気心が知れ合っているグループなので問題にはならなかったようだ。ちょっと品のない話でやりすぎたかと思ったが、落合も小豆沢の話にクスッっと笑い、場の雰囲気も大いに和んだようだった。

　そこへ宮原が小豆沢を呼びにきた。行田が来ていると伝えてくれた。小豆沢は南雲に「落合さんの件で現地旅行社の人と話があるので、ちょっと席を外します」と断って中座し、個室の外へ出て行田の話を聞いた。

　行田が電話で言っていた奥の手とは、確かにやってみないと分からない強硬手段であった。話を聞いた小豆沢も、本当にうまくいくのだろうかと訝る荒わざだ。その手口とはパスポートを空港でなくしたことにするらしい。航空会社のチェックイン・カウンターに行く前にまずは空港の警察事務所に出頭し、パスポートを紛失したと訴え調書（紛失証明）を取る。そして、それを持ってチェックイン手続きをする。団体旅行の団員の一人がパスポートをなくしたが、仕事の関係でどうしても帰国しなければならないと泣きつく。そうするとカウンタースタッフでは判断がつかないため、日本人マネージャーが出てくるので同じような説明をする。航空会社にとっても団体客のうちの一人を別の日の便に乗せるなどの手続きは面倒なのか、はたまた本当に乗客の便宜を図ってくれているのかは定かではないが、搭乗券を出してくれることがあるとか。しかし搭乗券があっても、パスポートがなければ出国審査は通れないので、航空会社の日本人マネージャーが同行し出国審査のブースを通らず別の入口から中に入れてもらうらしい。出国審査さえ通ってしまえば成功だ。成田での入国審査の際はバンコクでの出国審査の後にパスポートを紛失したことにすれば、日本人なので日本に入国できないことはないだろう。

行田の会社では過去このようにして帰国できたケースがシンガポールで一回、バンコクでも一回あるそうだ。いずれのケースでも日系航空会社（キャリアー）だからうまくいったのだろうと行田は言っている。

「私も空港に同行しますので、やってみましょう。もしうまくいかなかった場合は、落合さんにはバンコクに残ってもらいます」

「分かりました。でも落合さんにはなんて説明すればいいでしょうか」

「団体客なので全員で帰国できるよう交渉してみますので一緒に空港に行きましょう、とでも話していただければ……。でも交渉がうまくいかない場合は帰国が遅れることも言い含めておいてください」

「了解しました」

「それと致し方ないことなのですが、残るとなると団費から外れる追加のコストがかかってきます。これはご本人に請求させていただいてよいでしょうか」

　確かに落合が一人残った場合、ホテル代や食事代、大使館や出入国管理局に行くための車やガイドの手配費用などがかかる。また、往路使用済みの団体チケットでは帰路の日付変更ができないので、帰国するための片道チケットを新たに購入しなければならない。小豆沢の会社にとっても、ワールドネットに立て替えてもらって後日請求するのは面倒だ。

「こちらもなるべく現地精算にしてもらいたいので、持ち合わせがあるかどうか確認しておきますね」

担当営業の安達から出発前に落合さんはクレーマーだと聞いている。今は同情するほど落ち込んでいるが、帰国後態度を一八〇度変え、なぜ旅行会社が責任を持ってパスポートを預からなかったのかと言いがかりをつけられるかもしれない。立て替えれば取りっぱぐれる可能性も考えられるので、ここは心を鬼にしてでも現地精算にしてもらわねばならないと思った。

「パスポートはチェックアウトの時までセーフティーボックスに入れっぱなしがベストなんですけどね」

「そうですね。でも、今日は終日自由行動だったんで、買物のため現金を出した時に入れていたものを全部出しちゃったそうで。夕方またフロントで手続きするのが面倒くさかったようです」

「パスポートを持っていることが分かると、スリに狙われることがあるんですよね」

「どういうことなんですか」

「最近タイではパスポートの盗難事件が本当に多いんです。その裏には偽造パスポートを作る組織があり、それを売りさばくルートもあるみたいなんです。特に日本のパスポートは人気が高く、一番の高値で取り引きされているそうです。なにしろ日本のパスポートはビザなしで色々な国に入れますからね」

「どんな風に偽造するんですか」

「詳しくは分かりませんが、巧妙に写真を貼り替えるみたいですね。でも、来年から日本のパスポートはICチップ入りの新しいものに変わりますので、偽造は難しくなります。写真も貼り替えができないような写し込みになりますので。だからパスポートの闇マーケットでは最後の駆け込み需要があるのでしょうね」

「偽造パスポートは犯罪がらみで使われるんですか」

「そういう場合も多いでしょうね。でも最近よく聞くのは、難民を第三国に送るケースで使われることが多いとか……。金持ち難民が高値で買う場合もあるでしょうが、人身売買のニオイもしますよね」

「自分のパスポートがそういう目的で使われるのは気持ち悪いですね」

行田はそんな頻発するパスポート盗難にまつわる話もしてくれた。

「それでは、私は夕食がお済みになるまでここでお待ちしますので、小豆沢さんもお食事をお済ませください」と行田は言うと、ガイドの宮原と一緒に待っていてくれることに。

小豆沢がテーブルにもどると、すでにどのテーブルの鍋も空の状態で、各テーブルのウェイトレスは締めのオジヤを作り始めるところだった。小豆沢の席の前にだけ先ほどの鍋の具が取鉢に盛られていたので、他の団員のペースに合わせるため急いで口に運んだ。

食べ終えるや、小豆沢は落合の席の横で膝を折り、小声で行田に言われた通りの説明をした。できるだけの交渉はしてみるが、ダメだった場合にはバンコクに残り帰国に必要な手続きをしなければならない旨落合に話した。そして、残らねばならない場合には当然費用もかかり個人負担となるが、レシートがあれば帰国後保険でカバーできるものもあることを伝えた。幸い落合には持ち合わせもあり、追加費用の現地精算にも同意してくれた。パスポートは海外でその所持者本人であることを証明する唯一ものであり、それなくして二国間を移動できないことも理解してくれているようであった。

ウェイトレスはオジヤを作り終えると、小さな器に盛り分けそれぞれのテーブルの客に配った。様々な具材から出たダシの効いたスープで作ったオジヤに、団員たちは「美味しい」と連呼し合ってあっという間に平らげた。最後に出てきたデザートのミックスフルーツもさっと食べ終え、一行はレストランを出た。

スリウォン通りまでの五〇メートルほどの小道を歩く間、象の木彫りや様々なタイの民芸品を持った一〇人ほどの物売り集団に付きまとわれた。物を見せながら「千円、千円ダケヨ」と団員たちにたどたどしい日本語で声をかけてくる。

「なんでも千円なのね」と団員同士の話し声も聞こえたが、このような集団の中にはスリやひったくりがいて、遭遇したら絶対に財布を見せてはいけないと宮原が注意していたので、団員たちは一切構うことはなかった。そんな塩対応だったので、彼らは途中で諦めレストランの方へ引き返して行った。

通りに出たところにバスはすでにスタンバイしており、団員たちは順次乗り込んだ。最後に行田が乗り込み小豆沢の隣に座ると、バスのドアは閉まり空港へ向け出発した。宮原の隣の席に初めて目にする、現地の若い女性が座っていた。写真の束を持っていたので、ツアー中に撮った集合写真の売り子さんであることが分かる。

バスがゆっくりと加速し出すと、東南アジア独特の夜の活気あふれる景色が車窓に流れた。次のバンコク添乗の時まで見納めかと思ったが、小豆沢の頭の中はこれから空港でやろうとしていることに対する不安で揺れ動いていた。数十分前に聞いた話が未だに信じ難く、隣の行田に再度確認せざるを得なかった。

「本当にうまくいくんでしょうか」

「先ほども申し上げましたが、うまくいったら儲けものとお考えください。まともに考えれば違法なことですので、もちろん確約はできません。ただ前にもうまくことが運んだ例もありますし、私たちもできるだけのサポートをしますので」

「それはもう是非お願いしたいところです」

行田にそこまで言われると、もうどうにでもなれという心境に変わった。今はダメだったことを考えてもしょうがない。運を天に任せるしかないのだ。

「空港に着いてからのことですが、落合さんには直ぐに宮原と一緒に警察事務所へ行っていただきます。ウチの会社の空港係と私とで荷物のケアとチェックイン手続きをしますので、小豆沢さんは団員の方々を奥の待合いエリアまで誘導してください」

「分かりました」

「バスの腹に入れた荷物は落合さんの分も含め三六個ですが、飛行機に預けるのもその数でいいでしょうか」

「それ以上増えないと思いますが、最終的な数はもう一度空港で確認します」

「空港着後、機内預けの荷物は団体チェックインカウンター前に運び並べますが、最後に荷物の入れ替えをされたい方がいればそこでお願いしますね」

「分かりました」

「それではパスポートとエアチケットをお預かりしていいですか」

「はい」と言って、小豆沢はコカへ向かう途中にバスの中で集め厚手のビニール袋に入れたパスポートと、帰路部分をカバーから切り取ったチケットの束を行田に渡した。

行田はその場でパスポートが三六冊、チケットが三七枚あることを確認した。

「宮原さんからも聞いていると思いますが、今回のツアーでは色々な問題が発生し大変でした。でも現地に駐在されていると、突発的に発生する諸問題に対処せねばならないので気苦労も多いのではありませんか」

「深夜のトラブル発生でスクランブル発進なんてことも時折ありますね。夕食後ガイドが帰ってしまった後の急病、事故、事件など、緊急連絡先が私の携帯電話になっていますので……。色々な地上手配(ランドアレンジ)をすることもさることながら、問題解決のために日本人駐在員はいるようなものですからね。週末や祝祭日などにお客様は現地に来られますので、休日出勤は当たり前ですし、その代休を平日に取ることもできないんですよ。日本からどんな緊急且つ重要な連絡が入るか分かりませんので。だから現地の仕事は年中無休、二四時間営業的なところがあり、この仕事が好きじゃないと続けられませんね」

「いや〜、本当に大変なお仕事なんですね。事件・事故は時を選びませんから……」

「そうですね。問題といっても、どんなことが起こるかは予測できませんからね。お客様が重い病気や怪我をされて、ツアーの皆さんと一緒に帰れなくなるケースでは、その方が快復しタイから出国できる時までお世話せねばなりませんし。現金、貴重品の盗難に遭うとか、お客様が被害者になるケースも多いですけど、稀に加害者となることもあるんですよね」

「えっ！　それはどんなことですか」

「先月あったんですがね、お客様が空港内のショッピング店で万引きしちゃったんですよ。ほんのでき心というか、魔が差したんでしょうね。バンコクでのツアー行程を終え帰国の途につく直前でのことでした。飛行機のチェックインをしてイミグレ手前でガイドが見送った後のことで、こちらのやるべきことは全部終わったと思っておりました。でも、その後そのツアーの添乗員さんから私の携帯に電話があり、お客様の一人が万引きで捕まり帰国できなくなったとの連絡をもらった時には本当にビックリしました」

「へー、そんなこともあるんですか！」

「私は急いで担当したガイドの携帯に連絡しました。そのガイドには空港にもどってもらい、空港警察から客の身柄を引き取り市内のホテルに泊まってもらいました。翌日に弁護士を立て店側と交渉してもらい、示談にこぎつけることができました。それでも諸手続きに時間を要したため、帰国できたのは三日遅れでした。私も事情を聞いて日本に報告しなければならなかったため、そのお客様に会いましたが、真面目そうな人で万引きするような人には見えませんでしたけどね」

問題解決のためにいるようなものと、さっき行田が言っていたことを裏付けるような話だった。バスは空港方面へ向かう高速道路の料金所を通り、スムーズな高速運転に入っていた。小豆沢は更に現地駐在員の仕事に興味を覚え、更に聞いていた。

「一番つらく大変だったことは何ですか」

「そうですね、それはやっぱりお客様がお亡くなりになったことですね。私のバンコク駐在は七年ほどになりますが、その間に二回ありました。

一回目はホテルの部屋の手配のみのお客様で、交通事故でお亡くなりになりました。ただこの方の場合は現地に知人がおり、亡くなられた後の一切の処理をその知人の方がされたので、こちらの手を煩わせることは一切ありませんでした。

二回目は若い男性四名参加のパック旅行のお客様のお一人で、アユタヤからバンコクへ向かうリバークルーザー、オリエンタルクイーン号の船上で心臓発作のため亡くなられました。一緒にいた三人の友人によると、あっという間の出来事で何の対処もできなかったと言っていました。ご遺体はとりあえず宿泊ホテルに運んだのですが、客室へ上げることは許されず、しばらくの間他のホテル客の目に届かないバックスペースの物置部屋のようなところに入れられました。死んでしまうとこうも扱いが変わるのかとホテル側の対応は冷たいと感じました。直ぐにそのパックツアーを主催している旅行会社に電話し、ご遺族への連絡とご遺体をどのような方法で日本へ帰すのかの確認をお願いしました。その時点ですでに夜になっていたので、どう処理するかのアクションは翌日送りとなりました。ご遺体をそのまま日本に運ぶか、こちらで茶毘(だび)に付すか、いずれの場合もドクターの死亡診断書が必要になってきます。だからその晩ホテルのドクターを呼んで書いてもらおうとしたのですが、死亡から時間も経っておりその時の状況も分からないので診断書は出せないと言われてしまいました。よくよく聞いてみると、病死ではなく事件の可能性もあるからとのことでした」

「それでどうされたんですか」

「翌朝一番でご遺体を市内の警察病院に運び、司法解剖をしてもらいました。その結果死因は〈心臓弁膜症による急性心不全〉と判明し、死亡診断書がもらえました。一方旅行社側から、亡くなられた方のご両親がその日の夕方に到着するのでホテル手配と迎えを頼むとの連絡がありました。その時ご遺体のまま息子さんを連れ帰りたいとのご両親の希望も聞いたので、Ｊラインという日系の大手カーゴ会社に連絡し遺体搬送の見積もりも取っておきました。ご両親は到着すると息子さんのご遺体と涙の対面をされました。この日の夜便で帰国予定の友人の三名もご両親と三〇分ほど話をされた後、空港へ向かわれました。

その翌日の午前中、カーゴ会社スタッフとご両親は搬送手続きについて話し合われました。午後には日本大使館の一等書記官が来てパスポートを無効にする手続きと遺体証明書を発行しました。カーゴ会社の作業員は納棺梱包をし、それに立ち会った一等書記官は封印シールを押しました。そして、その日の夜ご両親は息子さんのご遺体と共に帰国されました。私は旅行会社への報告義務があるので、その日も終日様子を見届けましたが、なんともいえない気持ちで見守らざるを得ませんでした。話が長くなってしまいましたけど、このケースが一番堪えましたかね」

「すごく貴重な体験談を聞くことができ勉強になりました。自分が添乗するツアーでもし団員の方が亡くなったら、パニクっちゃうかもしれません」

小豆沢は行田の体験談を聞き、ランドオペレーター[注⑨]の仕事はつくづく大変だなぁと感じた。いつ何が起こるか分からないと繰り返し行田は言っていたが、確かに今回のツアーでも自分も身をもって体験しているのでよく理解できた。でも最大の難関はこの後に控えているのだ。行田が宮原と小声で空港での動きの再確認をし始めたので、小豆沢は灯りの少なくなったバンコク郊外の風景を車窓越しに眺めた。バスの車内では観光中にワールドネットが契約する写真屋のカメラマンが撮った集合写真の販売が行われていた。

高速の料金所をくぐった二十数分後、バスの遥か右前方に明るい光の塊が見えてきた。もう直ぐ空港だと思うと、しっかりしなければと小豆沢は自分に喝を入れた。宮原はマイクを手に取り最後の説明に入った。

「皆様の前方にドンムアン空港が見えてまいりましたね。四日間という短い時間でしたが、私のつたないガイドに耳を傾けていただき本当にありがとうございました。タイという国は米などの農産物の輸出に次ぎ、諸外国からの観光客が落とすお金が国家歳入の第二位を占める観光立国でもあります。今回はバンコクとその周辺のいくつかの観光スポットしかご案内できませんでしたが、タイにはまだまだ魅力的な場所がたくさんあるんですよ。例えば、しっとりとした古都チェンマイやアユタヤの前の王朝の都のスコータイ、そしてパタヤやプーケットなどのビーチリゾートなど、機会がございましたら、またいらしてくださいね。東南アジア諸国の中で、タイはリピート率ナンバーワンの国らしいですよ」

宮原がそう言うと、バスの後ろの方から、また来たいわねと話し合っている数名の団員の声が聞こえた。

「はい、是非また来てください。リピートするお客様は皆様のように、最初は団体でいらして、すごくよかったから次は家族を連れて個人のパックツアーで来る方も多いですよ。その時も小豆沢さんのホープ観光へお願いしますね」
ウチの会社の宣伝までしてくれるとは恐れ入った。今回は人柄もよく細かな気遣いをしてくれるガイドに当たってよかったと痛感した。問題発生時には的確なアドバイスもしてくれたし、解決に向け色々と協力もしてくれた。

宮原はマイクを自分の席に置き、前から四列目に座る落合の席へ向かい、なにやら話を始めた。漏れ聞こえる声によると、空港到着後一緒に空港の警察事務所へ行く件の打ち合わせをしているようだ。話を終え、再びバスの前に立つとマイクを手に取った。

「前の方に空港のターミナルビルが見えてきましたね。もう直ぐ到着いたしますが、空港に着いた後のご案内をいたします。バスのトランクに積み込んだ荷物は弊社の空港係員が直ぐに下ろしますので、ご自分の荷物があるかどうかだけ確認してください。荷物の確認後小豆沢さんが皆様を椅子がたくさん並んだ待合所へご案内いたしますので、フライトの搭乗手続きが終わるまでそこでお待ちいただきます。荷物は弊社の方でチェックインカウンターまで運び並べます。荷物から何か羽織るものを出したいとか、追加で何かを詰め込みたいというご希望がございましたら、カウンター前でお願いします。搭乗手続きが終了するまである程度の時間お待ちいただくことになりますが、終わり次第パスポートと搭乗券をお配りいたします。その後はお一人ずつタイの出国検査を受けていただきますが、私はその手前で皆様とはお別れとなります。検査が終わった先には免税店が何軒もある広い出発ロビーとなっておりますので、小豆沢さんの指示に従って迷子にならないでくださいね。皆様は市内の免税店でお買物はお済みですので、免税品受け取りカウンターで必ずお品物をもらってください。その引換券はお手元にございますか。機内預けの荷物に入れちゃったという方は空港到着後、荷物から取り出し必ずお手元にお持ちくださいね。でないと、せっかくお買いになった免税品が受け取れなくなってしまいますからね」

光で照らし出された滑走路の横をバスは快走を続けた。ターミナルビルの前を一旦スピードを落としながら通過すると、左端のレーンからターミナルビルへ続くオーバーパスに入りバスは低速で大きくUターンした。

「まもなく空港に到着いたします。これから日本は徐々に暑くなり、梅雨の季節を経て本格的な猛暑の夏となりますが、皆様におかれましては体調など崩されませぬよう充分お気を付けくださ い。今後の皆様のご健康とご活躍を祈念しつつマイクを置かせていただきます。短い間でしたが、本当にどうもありがとうございました」

宮原が最後の挨拶を終え深々と頭を下げると、団員たちから大きな拍手が起こった。その拍手が収まると、計ったようにバスはターミナルビルの中央に横付けされた。そこにはワールドネットの三名の空港係が大きな荷物運搬用のカートを用意して待っていた。バス前方の乗降口のドアがプシューという音と共に開くと、アシスタントドライバーが素早く飛び降りバゲージコンパートメントを開けた。そして、空港係たちが次々とカートに荷物を積んでいった。

バスを下車した団員たち一人ひとりに自分の荷物がカートに積まれているか確認してもう。荷物もすべて空港に着いたことが分かると、宮原は直ぐに落合を連れて空港ターミナル内の警察事務所へ向かった。小豆沢は団員たちをまとめると、待合いエリアへ誘導。行田は空港係たちにカートに積んだ荷物を銀河航空の団体チェックインカウンターへ運ばせた。

カウンター前まで運ばれた荷物は、空港係によりきれいに並べられた。そこへ七名の団員を連れ小豆沢がやってきた。機内で羽織る上着を出したり、バスの中で購入した写真をスーツケースにしまったりなどの用を済ませると団員たちはもどっていった。小豆沢は落合を含めたフライトチェックインが心配だったので、その場に残り行田の行動を見守っていた。団体カウンター担当の女性スタッフを通じ、決定権のある日本人マネージャーを呼び出してもらえるようすでに頼んだそうで一緒に待つことに。

一〇分ほど経った頃、黒のズボンにワイシャツ、ネクタイ姿の三〇歳前後の銀河航空の空港スタッフがやってきた。左手にはインカムを握っていた。どうやら行田とは顔見知りのようで、親しそうに挨拶を交わしていた。

〈空港への出発直前に添乗員が客のパスポートを集めようとしたところ、一人の客からパスポートを紛失したと言われた。時間的な余裕もなく、また他の客の手前とりあえず空港に来てしまった。パスポートを紛失した客は今ガイドと一緒に空港内の警察事務所にパスポート紛失の調書を取りに行っている。管轄の問題もあるので、空港でパスポートの紛失に気づいたことにしている。この客は仕事の関係で今日どうしても帰国しなければならないので、なんとか乗せていただけないか。前にも同じようなケースで助けていただいたが、今回もどうかお願いできないか〉

そんな内容を行田は空港スタッフに何度も頭を下げ丁寧にお願いしていた。一通り行田の話を聞いたそのスタッフは一旦カウンターを離れ、インカムでどこかへ連絡していた。

そこへ警察調書を取り終えた宮原と落合がやってきた。空港スタッフがカウンターにもどると、行田は調書を手渡し落合と添乗員である小豆沢の二人をスタッフに引き合わせた。

この時点で空港スタッフが言うには、現在パスポートなしでも搭乗券を出せるよう動いてはいるが、一〇〇パーセント可能かどうかはまだ分からないのでもう少し待って欲しいとのこと。推測するに、もしもタイの当局に発覚した場合、航空会社も責任を問われるからなのかもしれない。空港スタッフは調書のコピーを取るため一旦その場を離れた。小豆沢はこの時初めて〈うまくいくかもしれない〉と肯定的に考えられるようになった。

　しかし、空港スタッフはなかなかもどってこなかった。チェックインカウンターでは同じ便の搭乗客のチェックイン手続きは順次進んでいた。行田は小豆沢の不安そうな顔を読み声をかけた。

「もう少々お待ちください。落合さんを除く三六名のボーディングパスはもうイシュー済みです。あとは落合さんの分だけで、それについてはギャルのスタッフさんが動いてくれてますから、ご心配なく」

「そうですか。それにしても待たされますね」

「前もこんな感じでしたから」

　今は待つことしかできない。行田の言葉を聞くと少しは落ち着けた。

　二〇分ほど待っただろうか？　ようやく空港スタッフがもどってきた。その手には警察調書と一枚の搭乗券があった。落合のものだろう。調書のオリジナルを行田に返すと、

「今回だけは特別に搭乗券を出しますが、今後はもうこういうことはできないかもしれませんので了承願いますね」と空港スタッフは言った。

「無理を言って申し訳ありませんでした。本当にありがとうございます」と深く頭を下げながら丁寧に謝辞を述べた。そして、団体チェックインカウンター担当の女性スタッフより三六名分のパスポートと搭乗券が渡された。行田はその場でその二つの数の確認をした。

ようやく搭乗手続きが完了した。行田はパスポート、落合さんの分を除いた搭乗券、機内預け荷物のクレームタグを近くで待機していた小豆沢に手渡した。この後また必要となるかもしれないので、警察調書も小豆沢に預けた。落合の搭乗券は銀河航空のスタッフが持ち、落合を中に入れてくれると説明した。小豆沢は近くの使っていないカウンターで素早く搭乗券の名前を確認しながら該当するパスポートに挟み込んだ。海外添乗の際はいつもやっている慣れた作業で、あっという間に終わらせる。団員たちの待つ場所にもどると、名前を読み上げ搭乗券の挟まったパスポートを配り、出国審査後の出発ロビーに入ったところで再集合することを全員に伝えた。あとは中に入るだけだ。落合には空港スタッフが付いてくれているので問題ないだろう。

宮原は一団を出国検査に入る手前まで誘導し、入口で一人ひとりに別れの挨拶をして見送った。小豆沢は中へ少し入ったところですいている検査ブースへ分散するよう指示を出した。落合と空港スタッフが一番右奥から検査ブースを通らず中へ入るのも確認できた。それを見るや、小豆沢はようやく胸のつかえがおり安堵できた。すべての団員が検査ブースに並び終えると、入口で様子を窺う宮原と行田のところもどった。そして、心からの謝意を伝え別れの挨拶をした後、自らもすいている列に並んだ。

　落合の件がこんなにうまく運んだのは僥倖（ぎょうこう）だったのかもしれないし、それをサポートしてくれたワールドネットもよくやってくれたと感謝に堪（た）えなかった。そして、なにより絶対的危機をうまく乗り切れたことに対する高揚感は半端なかった。そんな思いで並んでいると自分の番となり、パスポートに出国スタンプが押された。ブースを通り抜けたところで振り返ると、まだ宮原と行田の二人は入口付近に立っており、小豆沢に向かって頭を下げ手を振っていた。それを見た小豆沢も礼を返し、出発ロビーに抜ける通路に入った。

　クランク状になった通路を抜けたところに団員が集合していたので、全員揃っていることを確認すると、まずは前日に市内の免税店での購入品の受け取りカウンターに向かった。

免税品の受け取りを済ませると、一〇分間のお手洗い休憩を取った。まだ、買い物をしたいという団員もいたが、チェックインに時間を要したためこれ以上余分な時間は取れなかった。そんな更なる買い物希望客には飛行機の機内でも免税品は買えることを説明し、とにかく出発便の待つサテライトへと急いだ。

サテライトの手前では機内持ち込みの手荷物のX線検査が行われていた。その際パスポートと搭乗券の提示が求められたが、それを見越してか、先ほど落合のケアをしてくれた空港スタッフも立ち会っていた。さっきのチェックインカウンターで行田に紹介された時は不安いっぱいでちゃんとした挨拶ができなかったので、改めて深い謝意を交えた挨拶をした。そこへ落合もやってきて、繰り返し感謝の言葉を述べ握手した。

サテライトのロビーに入ると、搭乗時刻を過ぎていたので搭乗ゲートには列ができていた。小豆沢の一団も二列に別れ最後尾に並んだ。この日の搭乗率は七割弱と聞いていたので、それほど混み合ってはおらず列の流れは順調だった。

団員たちの後について機内に入ると、団員たちの席はキャビン後方に一塊にまとめて取られていた。小豆沢の席は更にその後ろの通路側の席で、立つと一団の様子が把握できた。空港へのバスの中で、こんな席取りができたらと何気に話していたが、その通りに行田がリクエストしてくれたのだろう。これであまり客に気を遣わず休めると安堵した。

小豆沢はシートに深く座ると、こんなに問題が続出したツアーはなかったと感慨深げに振り返った。特に最後の落合のパスポート紛失を聞いた時には目の前が真っ暗になったようだった。あの時は本当に客を一人現地に残して帰国せねばならないのかとほとんど諦めきっていた。しかし、あんなやり方で最大のピンチを脱せるとは思いもしなかった。ホープ観光入社以来添乗課一筋で丸七年が過ぎ、この仕事は天職かもと思ってきたが、いいことばかりではない。まだまだ知らないことも多いし、添乗員を続けていればこれからも思わぬ問題に出くわすだろう。行田が話していた客が死亡するという事態が自分の添乗するツアーで起こるかもしれない。小豆沢は改めて添乗員という仕事に対する覚悟を持った。

今回のツアーもまだ完全に終わったわけではない。成田着後、解散するまで気は抜けない。落合の成田空港での入国についてもシミュレーションしてみた。パスポートを紛失したことに対し、何らかの書類を書かされるかもしれない。運転免許証が身分証明書代わりになるだろうし、四日前の出国記録も調べればちゃんと残っているはず。なにより自国民の帰国を認めないわけはないだろう。

そんなことを考えていると、一行を乗せた銀河航空718便のジャンボ機はゲートを離れ、ゆっくりと誘導路を進んでいく。滑走路の北端に到達すると、右回りに四分一周回り機首を滑走路に合わせると轟音を上げ機は飛び立った。

水平飛行に移り程なくするとドリンクサービスが始まり、それに続いて機内食が配られた。チキンかフィッシュのチョイスであったが、小豆沢はフィッシュを選んだ。メインディッシュのアルミ箔をめくると、白身魚のソテーにクエティオと呼ばれる極太のライスヌードルの炒めものが添えられていた。小腹がすいていたので数分で完食。食前のドリンクサービスから飲み続けている赤ワインを、食後追加でもう一杯もらった。三杯目だった。機内食サービスに続いた免税品の機内販売のカートがひと回りすると、照明が落とされ暗くなった。心地よい酔いも眠気を誘う。目を覚ます頃は日本の上空に達しているだろう。小豆沢はそう思いつつ快い眠りに落ちていった。

附注

注①：『BTS』とはBangkok Mass Transit Systemの略で、バンコク・スカイトレインとも呼ばれる高架鉄道のこと。現在三路線運行されているが、その一つのシーロム線の起点駅は、二〇〇五年当時、サパーン・タークシン駅であった（サパーンは橋という意味）。現在シーロム線は西に延長され、バーンワー駅が起点となっている。

注②：『トンブリー王朝』は一七六七年にアユタヤ王朝滅亡後、ビルマ軍を駆逐したタークシン王（アユタヤ王朝の武将）により創設された王朝。一七八二年、タークシン王は精神錯乱をきたしたため処刑されるが、その後を継いだラマ一世が現在も続くチャクリー王朝（ラタナコシン王朝、バンコク王朝とも呼ばれる）を起こした。

注③：『ラマキエン物語』は古来東南アジアで親しまれている古代インドの叙事詩『ラーマヤナ』のタイ版。ラマ一世により編纂（へんさん）され、ラマ二世が上演用の戯曲とした。今風に言うとドラマ化したということで、タイ人であれば誰もが知っている物語。

注④：『アヨタヤ』はアユタヤの古称。

注⑤：『トングー』はアユタヤ王朝が栄えたほぼ同時期にビルマにあった王朝。

注⑥：『キングパワー』の名前は日本では元サッカー日本代表の岡崎慎司選手の所属したイングランド・プレミアリーグのレスターシティーFCのオーナーとして知られる。会長だったヴィチャイ・スィーワッタナープラパー氏は二〇一〇年にレスターシティーを買収。岡崎選手が移籍した一五～一六年シーズンにプレミアリーグ初制覇を果たした。しかし、二〇一八年一〇月ヴィチャイ会長は自身所有のヘリコプター搭乗中、レスターシティーの本拠地であるキングパワー・スタジアム近くの駐車場に同機は墜落し死亡した。

注⑦：『チューレン』とはあだ名、ニックネームのこと。タイ人の名前は長く発音しづらいものが多いため、あだ名で呼び合う習慣がある。あだ名で呼び合う親しい友人同士でも、本名を知らないことも多いとか。ちなみに、華僑系タイ人の苗字は長く複雑なものが多く外国人泣かせだ（例：注⑥の元キングパワーグループ会長の姓）。

注⑧：『ワールドトレードセンター』は一九九〇年バンコクの中心ラチャプラソン地区にオープンした巨大ショッピングモール。二〇〇五年タイの流通最大手のセントラルグループに買収され、『セントラルワールドプラザ』へ名称変更。ここに長らく間借りしていた伊勢丹デパートは二〇二〇年に契約満了をもってタイから撤退した。

注⑨：『ランドオペレーター』とは海外に支店や営業所を持たない日本国内の旅行会社の依頼を受け、現地のホテル、レストラン、バス、ガイドなどの地上手配全般を専門に行う会社のこと。ツアーオペレーターとも呼ばれる。

著者プロフィール

栗文 雄田（くるぶみ ゆうでん）

1957年、東京生まれ。早稲田大学教育学部卒業。

東南アジア旅行の地上手配を行うランドオペレーターに長年勤務。うち20年間現地駐在員としてタイ、フィリピン、シンガポール、香港などで多くの日本からの旅行客をケアした。

旅行業界を離れた現在、第二の人生のライフワークとして小説の執筆を始める。

著書にマルコス政権末期のフィリピンを舞台にした日本人駐在員の物語『サンパギータの残り香』、学生時代の体験を描いた自伝小説『それぞれの純愛』など。

香港夜想曲／ドタバタ！ バンコク添乗記

2025年３月15日　初版第１刷発行

著　者　栗文 雄田
発行者　瓜谷 綱延
発行所　株式会社文芸社
〒160-0022 東京都新宿区新宿1－10－1
電話 03-5369-3060（代表）
03-5369-2299（販売）

印刷所　株式会社晃陽社

ISBN978-4-286-26228-4